Martin Mylonas

Wissenschaft und Goldesel

Eine Tragikomödie

© 2019 Martin Mylonas
Umschlag, Illustration: Martin Mylonas

Verlag & Druck: tredition GmbH, Halenreie 40-44, 22359 Hamburg

ISBN
Paperback   978-3-7497-8781-4
Hardcover   978-3-7497-8782-1
e-Book   978-3-7497-8783-8

Martin Mylonas

Wissenschaft und Goldesel

Eine Tragikomödie

Die Personen

Professor Burkhard Bruch, Klinikchef

Frau Dr. Grace Springfield, Wissenschaftlerin

Fred Silverstone, Finanzberater

Sofia Pagelakis, Bürgermeisterin

Hans Ziegler, Bauunternehmer

Franz Zeisig, pensionierter Schulleiter

Dr. Berg, Patentanwalt

Frau Ferati, Sekretärin von Professor Bruch

Tanja Dukakis, Servicedame im Golfclub

Daniel Bruch, Sohn von Professor Bruch

Alexander Meyer, Verwaltungschef der Klinik

von der Wiss, Universitätspräsident

Volker Lauthals, Chefredakteur des Allgemeinen Volksblattes

Constantin Vogel, IT-Spezialist

Dr. Brown, Oberarzt in Professor Bruchs Klinik

1. Auftritt

Ein heller, weiter Raum, in dem hinter einem Paravent halb verdeckt eine Untersuchungsliege und medizinisches Gerät zu sehen sind, ferner eine Sitzgruppe für Gespräche in kleinem Kreis sowie ein großer Schreibtisch mit Bildschirm und einer Reihe medizinischer Standardwerke. Es handelt sich um das Sprechzimmer des Klinikleiters Professor Bruch. Seine Sekretärin und rechte Hand, Frau Ferati, führt gerade die wissenschaftliche Mitarbeiterin Frau Dr. Springfield herein.

Ferati: Nehmen Sie bitte Platz, Frau Dr. Springfield, es kann ein wenig dauern, bis der Chef eintrifft. Er hatte heute Früh seine Vorlesung, inzwischen ist er bei der Visite. Ein Pharmavertreter hat sich auch angekündigt. Darf ich Ihnen etwas zu trinken anbieten? Schön, Sie wieder einmal zu sehen. Man sieht sich ja so selten, seit Sie drüben im neuen Labor arbeiten.

Springf.: So ist es, Frau Ferati. Gegen ein Wasser habe ich nichts einzuwenden.

Die Sekretärin entnimmt einem Barschrank eine Flasche Wasser, holt ein Glas, gießt ein und stellt beides vor Springfield auf den Tisch.

Ferati: Kann es sein, dass Sie schon ganze drei Jahre bei uns arbeiten?

Springf.: Seit fast drei Jahren. Weshalb fragen Sie?

Ferati:	Nur so. Sie sind Wissenschaftlerin auf Zeit, wenn ich mich nicht irre?
Springf.:	Wissenschaftlerin auf Dauer, der Arbeitsvertrag ist auf Zeit!
Ferati:	Wusste ich es doch, es geht um den Vertrag. Dann wünsche ich Ihnen alles Gute.
Springf.:	War das jetzt schon ein Abschied, oder wie soll ich das verstehen?
Ferati:	Nur so. Wissen Sie, ich bekomme jede Woche mindestens eine Bewerbung für eine befristete Stelle auf den Tisch. Zeitlich befristete Stellen scheinen äußerst begehrt.
Springf.:	Klar, weil es keine anderen gibt, es sei denn, man hat Beziehungen.
Ferati:	Da mögen Sie recht haben. Aber ich lasse Sie jetzt doch lieber allein, es wartet Arbeit auf mich.

Die Sekretärin verlässt auffallend schnell den Raum. Springfield vertieft sich in ein Paper, das sie mitgebracht hat. Doch es dauert nicht lange, bis Professor Bruch erscheint, eine Koryphäe auf dem Gebiet der Dermatologie und Chef der örtlichen Universitätshautklinik.

Bruch:	Ich grüße Sie, Miss Springfield. Was führt Sie zu mir? Wir haben uns längere Zeit nicht gesehen. Ist keine gute Lösung, die sanierungsbedürftige Klinik hier, das neue Zentrallabor eine Straße weiter. Ich arbeite mit Hochdruck an einer baulichen Veränderung. Dauert aber

alles seine Zeit. Was macht übrigens Ihr Projekt? Darf ich fragen, wie es persönlich geht? Ich komme leider nicht dazu, mich so um alle Mitarbeiter zu kümmern, wie ich das gerne täte: Vorlesung, Visite, Sprechstunde, Verwaltungsarbeit, Vorträge und und und! Aber das kennen Sie ja. Er lacht. Oder eher nicht. Ich sage gern: Das ist der Vorteil der wissenschaftlichen Projektverträge. Man kann sich ungestört dem widmen, was unsereinem recht eigentlich am Herzen liegt, der Wissenschaft!

Springf.: Mit dem Zeitdruck als unsichtbarer Peitsche im Nacken.

Bruch: Zeitdruck? Wie meinen Sie das?

Springf.: Professor Bruch, ich arbeite seit drei Jahren an meinem Projekt. Die Zeit läuft gerade ab. Was kommt danach?

Bruch: Und wie weit ist Ihr Projekt gediehen? Leider konnte ich mich zuletzt nur wenig darum kümmern.

Springf.: gibt sich sichtbar einen Ruck Meine Arbeit, Professor Bruch, steht kurz vor dem Abschluss, ich arbeite bereits an der Dokumentation.

Bruch: gibt sich erleichtert Dann ist ja alles super! Sie verstehen: Der Druck, solche Stellen, wenn sie im Etat ausgewiesen sind, neu zu besetzen, ist enorm. Ich könnte dutzende solcher Zeitverträge vergeben, so viele Bewerbungen gehen ein. Sofern das mit der Zeit bei Ihnen knapp wird, werden wir sehen, was sich tun lässt. Eine kurzfristige Krankenvertretung findet sich immer. Am besten, ich lasse Frau Ferati gleich eine beantragen! Auch wenn es nur Teilzeit werden sollte, besser als gar nichts. Oder wie sehen Sie das?

Springf.: Aber …

Bruch: Aber?

Springf.: Aber einigen Kolleginnen in der Fakultät hat man nach Ablauf ihres Zeitvertrages prompt einen Anschlussvertrag angeboten! Weshalb habe ich das nicht bekommen?

Bruch: Meine liebe Miss Springfield, ich sage gern: Kein Fall ist wie der andere. Vergleichen kann man nur, was gleich ist. Als Mediziner sollten wir das wissen! Doch wir sprachen von Ihrem Projekt. Hatte es nicht etwas mit diesem neuen Digitalisierungstrend in der Medizin zu tun? Sehen Sie, so ganz uninformiert bin ich nicht. Sie arbeiten bereits an der Dokumentation, sagten Sie. Können Sie mich mit wenigen Worten auf den aktuellen Stand bringen?

Springf.: scheint irritiert Aber Professor Bruch, es geht doch um das neue Anti-Aging-Verfahren...

Bruch: Richtig, Anti-Aging. Er lacht herzhaft. Wenn das meine wohlhabende Privatklientel hört, dann stürmen die mir die Bude. Er lacht

	erneut. Und wer weiß: Vielleicht sollte auch ich mich einer Behandlung unterziehen?
Springf.:	*bemüht sich sichtbar, ernst zu bleiben* Die Stoffe, die für die Hautverjüngung, Hydratisierung, Unterpolsterung und schließlich Regeneration verantwortlich sind, Professor Bruch, dürfen wir auch dank Ihrer Arbeiten als bekannt voraussetzen. Das eigentliche Problem war immer: Wie dosieren wir diese auf den individuellen Patienten abgestimmt, führen sie ihm zu, wie lassen wir den Prozess der Regeneration gezielt ablaufen? Da ist eine Fülle von Daten zu verarbeiten. Hier kommt mein Diagnosegerät zum Einsatz. Es erstellt dank passender Algorithmen eine Analyse des Ist-Zustandes und gibt einen vierwöchigen Medikations- und Injektionsplan vor. Das Ergebnis: Eine deutlich sichtbare Verjüngung der Bereiche Gesicht und Dekolleté! Wenn Sie einen Blick auf das Paper für die vorläufige Dokumentation werfen wollen?
Bruch:	*Er nimmt das Paper, blättert darin, liest flüchtig hier und da ein wenig, wirft schließlich einen Blick auf die beigehefteten Fotografien.* Was soll ich sagen? Donnerwetter! Erinnere mich jetzt an die genaue Projektausschreibung! Hatte das gerade nicht mehr auf dem Radar. Aber eines erkenne ich sofort:

	Das wird ein wichtiger Baustein in unserem Praxis-Alltag als Dermatologen.
Springf.:	Ein bisher unbekannter dazu. Es wird das Anti-Aging revolutionieren!
Bruch:	Er denkt nach, schmunzelt, lacht schließlich zufrieden. Wenn ich das recht verstehe, ist das eigentlich Neue – wie sagten Sie zu Recht? – das Revolutionäre daran, das kombinierte Diagnose- und Indikationsmodul, das über die neu entwickelte Software gesteuert wird. Hm! Zum Glück verfügen wir mit Ihnen über eine Fachkraft, die auf solche Geräte und Programme spezialisiert ist.
Springf.	Sprechen Sie jetzt von der kurzfristigen Springerin für eventuelle Krankheitsfälle, Teilzeit und so?
Bruch:	Ach was, vergessen Sie das! Das kommt für Sie nicht in Frage, meine liebe Miss Springfield. Da kommt doch ein Berg von Aufgaben auf uns zu: Das Gerät muss eingeführt, Ärzte und andere Kräfte müssen geschult werden, vermutlich braucht es mehr als das eine Gerät, Kollegen andernorts werden es ebenfalls haben wollen. Wissen Sie was? Ich vermute, nein, bin sicher, wir müssen das schnellstens für unser Haus patentieren lassen. Und was die wirtschaftliche Verwertung des Patents angeht, wie finden Sie

	meinen Vorschlag: Wir zwei machen daraus gemeinsam etwas!
Springf.:	Wer? Wir gemeinsam?
Bruch:	Na klar! Ich werde unter diesen Umständen versuchen, na, eine Daueranstellung für Sie herauszuschlagen. Sehe Sie schon als Privatdozentin in unserem Haus! Und wir …
Springf.:	Wir? Wenn ich mir die Bemerkung erlauben darf: Entwickelt habe das Gerät samt Verfahren ganz alleine ich!
Bruch:	Na, Miss Springfield, bleiben wir doch bitte auf dem Boden und lassen die Vernunft nicht außen vor: Wer hat Ihnen diese Stelle als Wissenschaftlerin bewilligt? Wer hat Ihnen Institutsräume, Mitarbeiter, die finanziellen Mittel für die Entwicklung zur Verfügung gestellt? Wer also hat das Ganze angestoßen? Ich schlage vor, wir lassen dies Verfahren auf unser Haus patentieren und überlegen gemeinsam, in welcher Form ein Teil der Erträge aus der Verwertung auch Ihnen zugutekommen könnte. Das wird doch unserem jeweiligen Anteil eher gerecht! Und was die Einführung solcher Geräte am Markt betrifft: Glauben Sie wirklich, Sie könnten da als kleine wissenschaftliche Maus, entschuldigen Sie, ich wollte sagen, als wissenschaftliche Mitarbeiterin, etwas ausrichten? Das ist einige Nummern zu groß für Sie. Da

braucht es Verbindungen und mehr. Die geeigneten Leute habe ich an der Hand: Mein Netzwerk, mein Golfclub. Glauben Sie mir, ich weiß sehr genau, welche Investitionen für so ein Geschäft erforderlich sind. Meine Tochter hat vor wenigen Jahren ein kleines Kosmetikstudio eröffnet. Da war mir nichts, dir nichts ein hoher fünfstelliger Betrag fällig. Und dies ohne so teure Apparaturen wie jene, für die Sie Ihr Programm entwickelt haben! Ich schlage vor, Sie setzen sich in einer freien Stunde mal mit meiner Tochter zusammen und tauschen Erfahrungen aus. Gut möglich, dass daraus eine fruchtbare Zusammenarbeit erwächst. Also, lassen Sie uns die Sache gemeinsam angehen!

Springf.: Sie überlegt eine Weile, steht dann auf und streckt Bruch die Hand entgegen.

Bruch: Wusste ich doch, Miss Springfield, dass wir zwei vernünftig …

Springf.: lächelt unverbindlich Ich wollte mich eigentlich verabschieden. Das kommt mir jetzt alles zu plötzlich. Muss mir das erst einmal durch den Kopf gehen lassen. Wie man bei uns zuhause sagt: Have a nice day, Professor Bruch!

Springfield geht und lässt den verdutzten Bruch zurück.

Ferati:	*Sie kommt hereingestürzt.* Um Gottes Willen, Herr Professor, was ist passiert? Diese Springfield stürmt wortlos an mir vorbei und zieht die Türe unsanft hinter sich ins Schloss!
Bruch:	*kopfschüttelnd* Diese Zicke! Ihr kaltes Grinsen, das gefällt mir gar nicht! Aber wir werden sie zur Vernunft bringen, Ferati. Wollen doch mal sehen, wer am längeren Hebel sitzt. Sie glaubt, es handle sich um Ergebnisse einer Arbeit, auf die sie und nur sie Ansprüche geltend machen und die alleine sie versilbern kann. Feste Anstellung verlangt sie auch. Was wird ihr noch alles einfallen? Scheint zu vergessen, dass sie nur ein kleines Rad in einem großen wissenschaftlichen Getriebe ist und für ihre Arbeit bereits ordentlich entlohnt wurde. *Er schüttelt den Kopf, um fehlendes Verständnis anzudeuten.* Führt sich mit ihren Ansprüchen auf, diese Frau, als sei sie der Chef in diesem Haus.

2. Auftritt

Ein Clubhaus am Rande eines Golfplatzes. An einer Theke im Halbrund unterhalten sich der Bauunternehmer Hans Ziegler, Franz Zeisig, ein ehemaliger Schulleiter, Fred Silverstone, ein amerikanischer Finanzmanager, und Sofia Pagelakis, die Bürgermeisterin des Ortes. An der Bar bedient Tanja Dukakis, die deutlich jünger ist als die anderen. Der Raum ist mit verschiedensten Golfschlägern an einer Wand dekoriert sowie einer großen Vitrine mit Pokalen. In diesem Augenblick betritt Professor Burkhard Bruch den Gastraum. Er wird lautstark willkommen geheißen.

Ziegler: Hallo Burkhard, wir hatten schon vermutet, dass du heute vielleicht noch eine Runde anhängst.

Zeisig: Unser Hans praktiziert das manchmal, er wird demnächst wohl Single-Handicaper. Alle Achtung, ich meine, wir sollten stolz sein, dass er uns arme Freizeitgolfer noch mit seiner Anwesenheit beehrt.
Ziegler winkt lachend ab.

Pagelakis: Grüß dich, Burkhard. Wir kennen das alle: Nach einer ordentlichen Runde auf dem Green erholt man sich im Clubhaus. Nach einigen Stunden da draußen bist du halt ausgepowert. Außerdem hat unsereins ja auch Gesprächsbedarf.

Silverstone: Deshalb hoffen wir, dass nicht übertriebener Ehrgeiz den einen oder anderen von uns Senior-Golfern zum Jungsenior befördert.

Dann wäre es vorbei mit der vertrauten Runde.

Bruch: schlägt mit der Hand auf den Tisch und gibt sich betont ernst Nun lasst es mal gut sein, Sportkameraden! Was reimt ihr euch da zusammen? Ich und eine zweite Runde? Ich ringe Woche für Woche mit mir: Darfst du mal wieder auf den Platz oder kannst du dir vor lauter beruflichen Verpflichtungen das gar nicht mehr leisten? Wenn es nicht die einzige Auszeit wäre, die ich mir ab und zu gönne, ich weiß nicht. Oft kann ich erst auf dem Green einen klaren Gedanken fassen und ein wenig abschalten.

Pagelakis: Genauso empfinde ich das auch. Auch wenn meine Jüngste jetzt lästern würde: Eine Runde Mitleid!

Bruch: Lass sie nur spotten, Sofia, es ist tatsächlich so: Ich könnte mich zerteilen! Kommt wieder mal die Wissenschaft zu kurz oder sind es diesmal meine Mitarbeiter? Und dann die Patienten, bei denen darf es ein Zu-kurz nicht geben. Ich sage gern: Es ist ein ewiges Hin und Her zwischen Aristoteles und Hippokrates. Hinzu kommt noch der ganze Verwaltungskram, die Personalführung …

Ziegler: Sicher habt ihr für Letzteres auch einen Heiligen.

Bruch:	Was meint Ihr, Zeisig? Ihr seid doch der Fachmann für solche Fragen.
Zeisig:	Wenn ich das so recht überlege, ich würde sagen, nein, ich meine, sofern mir der Herr Professor das nicht nachträgt…
Bruch:	Ich jemandem etwas nachtragen? Spucken Sie es einfach aus!
Zeisig:	Dann würde ich glatt auf den blitzeschleudernden Göttervater Zeus tippen! Alle lachen, Silverstone schlägt sich auf den Schenkel.
Bruch:	Ihr habt gut lachen, unsereiner kann weniger entspannt sein, wenn es um Verwaltung und Personal geht.
Ziegler:	Wofür habt ihr denn einen Verwaltungschef?
Bruch:	Frage ich mich auch. Er war gerade in Urlaub, jetzt ist er vorübergehend krank geschrieben.
Zeisig:	Und ihr könnt ihn nicht kurieren?
Bruch:	lacht Der Schlaumeier hat sich eine Krankheit ausgesucht, die nicht in mein Fach fällt. Und sein zweiter Mann ist mit den Abläufen in der Verwaltung noch nicht so recht vertraut.
Silverstone:	Verstehe ich das recht, Professor, es gab wieder Ärger mit den Mitarbeitern oder der Verwaltung?
Bruch:	Ja, Fred, vor allem mit einer störrischen Ziege!

Pagelakis:	Das musst du uns erklären, Burkhard. Seit wann habt ihr es in deiner Disziplin mit Kleinvieh zu tun?
Bruch:	Im Ernst: Es geht um eine wissenschaftliche Angestellte mit Zeitvertrag. Ihr Vertrag läuft aus, nun ist ihr eingefallen, wie unverzichtbar sie ist, wie sie richtig Kohle machen und vor allem mich in die Bredouille bringen könnte.
Pagelakis:	Droht sie mit dem Kadi? Was sagt ihr Vertrag?
Silverstone:	Ist der nicht wasserdicht, kann das verdammt viel Ärger einbringen.
Bruch:	Es geht um Folgendes: Sie hat von mir die Möglichkeit bekommen, drei Jahre lang gut bezahlt und weitgehend selbstbestimmt zu forschen. Wer bekommt schon so eine Auszeit? Ist ja fast schon wie Urlaub! Doch jetzt möchte sie Früchte ernten, die ihr nicht zustehen!
Silverstone:	Und die wären?
Bruch:	ernst und mit Sorgenfalten auf der Stirn Es geht darum: Die Dame – übrigens eine Landsmännin von dir, Fred – hätte in wenigen Tagen ihren Arbeitsplatz im Labor räumen müssen. Ihr Vertrag läuft, wie schon gesagt, aus, und ich muss ihre Stelle neu besetzen. Dazu gibt es

einfach zu viele Bewerbungen. Als ich versuchte, ihr das klarzumachen, da wurde sie bockig. Warf mir hinterlistig noch einen Köder hin, was ihre Forschungsergebnisse betrifft. Als ob sie darüber so mir nichts, dir nichts verfügen könnte. Ich habe natürlich nicht angebissen, da hat sie erbost mein Büro verlassen.

Silverstone: Du sprachst von Forschungsergebnissen, Professor. Worum geht es?

Bruch: Na ja, von allem Ärger einmal abgesehen, sind es schon beachtliche Resultate. Aber sie haben unter meiner Leitung und quasi als Auftragsarbeit in meinem Institut das Licht der Welt erblickt. Und sie sind mir als Hautarzt, dem auch die kosmetischen Belange seiner Patienten am Herzen liegen, besonders wichtig. Es geht um den Prozess der Hauterneuerung. Dessen Ablauf ist längst geklärt und in der wissenschaftlichen Literatur nicht zuletzt von mir genauestens beschrieben: Achtundzwanzig Tage, in denen sich die Haut regeneriert und repariert. Die feuchteren unteren Schichten der Haut drängen nach oben, ersetzen ausgetrocknete und verhornte Zellen, stoßen letztere ab und trocknen im Laufe der Zeit selbst wieder aus. Und so fort. Damit der Prozess optimal funktioniert, müssen dem Körper die richtigen Mikronährstoffe zugeführt werden. Dabei kommt es auf das Alter der Patienten, den Zustand ihrer Haut, überhaupt ihre ganze physische und psychische Verfassung an. Wenn das richtig diagnostiziert, analysiert und anschließend medikamentös umgesetzt wird, kann man tatsächlich ein deutlich verjüngtes Aussehen mit auffallend fester und elastischer Haut im Bereich von Gesicht und Dekolleté, ich würde mal sagen, hervorzaubern.

Silverstone: Und was hat dies Mädchen dabei geleistet?

Bruch: Mädchen? Ach so, du sprichst von dieser wissenschaftlichen Mitarbeiterin mit ablaufendem Zeitvertrag. Na, sie hat unter meiner Leitung und in meinem Labor ein Analyse-, Diagnose- und Indikationsgerät samt zugehörigem Programm entwickeln dürfen, das die Medikation zielgenau auf die jeweiligen Patienten und ausgewählte Hautbereiche einstellt. Das Ergebnis ist, das werdet ihr, ohne die zugehörige Dokumentation gesehen zu haben, nicht glauben, revolutionär! Richtig angewandt erkennen sich die jeweilige Patientin oder der Patient im Spiegel selbst kaum wieder.

Ziegler: Phantastisch! Wenn ich das meiner Alten erzähle, Burkhard, will die noch heute einen Termin bei dir.

Pagelakis: Wirft aber auch Probleme auf, Hans. Wenn die Wirkung wirklich so umwerfend ist, was werden die Leute denken, wenn du zusammen mit deiner Frau auftrittst? Sie werden glauben, du seist ihr Großvater.

Zeisig: Na, dann buchen die beiden die Revolution eben im günstigeren Doppelpack. Aber ich stelle mir vor, die Nachfrage wird riesig und so eine Verwandlung nicht ganz billig sein.

Bruch: Eben, das weiß diese, wie ich sagte, Ziege, und sie möchte ein übergroßes Stück vom anfallenden Kuchen. Ich fürchte, genau genommen den ganzen!

Silverstone: Die entscheidende Frage lautet: Hat sie das Recht auf ihrer Seite?

Bruch: Was meinst du, Fred, als Jurist und Anlageberater?

Silverstone: Bin kein Anwalt, habe mich nur ein wenig mit Recht beschäftigt. Das muss einer klären, der ihren Arbeitsvertrag und das Arbeitsergebnis genau unter die Lupe nimmt.

Bruch: Fest steht: In ihrem Arbeitsvertrag war als Forschungsziel die Weiterentwicklung kosmetischer Verfahren zur Hauterneuerung vorgegeben, wobei sie regelmäßig mit mir Rücksprache halten sollte. Das hat sie eher nicht getan und faselt nun etwas von eigenständiger Entwicklung, deren Früchte ihr zufallen müssten.

Silverstone: Und du hast doch ihre Arbeit regelmäßig überwacht?

Bruch: Ach, was soll ich noch alles tun? Ich hatte für dies Projekt genaue Zielvorgaben gemacht. Sie hat dann den entscheidenden Algorithmus für das Diagnosemodul und Medikationsgerät entwickelt. Allerdings auf meinen Forschungsergebnissen zur Hautalterung und Regeneration aufbauend und als wissenschaftliche Angestellte an unserem Institut.

Silverstone: Da gibt es nur eine Lösung: Du suchst dir einen passenden Anwalt, Professor, einen ausgebufften Juristen, der dir die Sache so lange dreht und wendet, bis am Ende das gewünschte Ergebnis auf dem Tisch liegt.

Bruch: Und wenn am Ende sie einen …

Silverstone: Kein Problem, Professor, du brauchst eben den besseren Anwalt!

Pagelakis: *Sie hatte sich die ganze Zeit zurückgehalten.* Sag mal, Burkhard, wenn ich mich nicht täusche, hast du doch einen Filius, der Jurist ist?

Bruch: *winkt ab* Vergiss den. Der ist aus meiner ersten Ehe und geht mir bewusst aus dem Weg. Wir haben einfach keinen Draht zueinander.

Pagelakis: Okay. Einmal vorausgesetzt, du hast mit einem geeigneten Rechtsbeistand Erfolg. Hast

	du dir schon überlegt, wie ihr diese Erfin-dung kommerziell umsetzt und wie ihr die-se Frau abfindet?
Bruch:	Noch bin ich damit beschäftigt, die Stolper-steine aus dem Weg zu räumen. Aber, Freunde, dann …
Ziegler:	Er reibt die Handflächen kräftig aneinander. …rollt der Rubel so richtig an!
Bruch:	Du denkst immer nur an Money, Hans!
Ziegler:	Woran dachtest du denn jetzt?
Bruch:	Als Arzt bin ich zuerst meinen Patienten ver-pflichtet, dann der Wissenschaft und danach erst kommt das Finanzielle.
Ziegler:	Brav gesagt, so hört man das gern!
Pagelakis:	Noch hast du meine Frage nicht beantwortet, Burkhard!
Bruch:	Ehrlich gesagt: Ich überschaue vieles noch nicht. Zuerst muss ich unserer Fakultät wohl die Patentrechte sichern. Die Nachfrage nach dieser Behandlung wird, wenn wir das an die Öffentlichkeit bringen, von alleine einsetzen. Wie wir die befriedigen, wie wir das Ganze organisieren, das alles steht noch in den Ster-nen. Vielleicht kann meine Tochter mit den Erfahrungen aus ihrem Kosmetikstudio uns da weiterhelfen.
Pagelakis:	Sag mal, sehe ich das richtig, dass ihr mit die-sem Verfahren einen Goldesel an der Kan-dare habt?

Silverstone: Goldesel? Wie verstehe ich das?

Zeisig: Ein Märchen, ganz so wie diese Erfindung offensichtlich auch. Es geht um einen Esel, der statt gewöhnlicher Pferdeäpfel Golddukaten, ihr entschuldigt meinen Ausdruck, scheißt!

Silverstone: Nein, so was! Ob ich den gelegentlich auch mal ausreiten darf?

Bruch: Wie man bei euch sagt, Fred: Let's wait and see! Auch wenn sich noch ein Berg von Problemen auftürmt, kann uns die Tanja schon mal eine Extrarunde auf meine Rechnung ausschenken. Wo ihr doch die Zukunft meines Patents so rosig seht.

Tanja *Sie schenkt an der Theke ein.* Zum Wohl meine – wie sage ich jetzt? – Sports- oder Eselsfreunde!

Silverstone: *nachdem alle angestoßen haben* Lang lebe die Wissenschaft, die so Verdienstvolles hervorbringt. Ich für meinen Teil werde mich umgehend nach dem besten Anwalt für dich umsehen, Professor.

Bruch: Wenn ich – aber das bleibt jetzt bitte unter uns – dir das ganz vertraulich mit auf den Weg geben darf, Fred: Es eilt! Ich habe mir nämlich Folgendes einfallen lassen: Wenn wir schon mit dieser Entdeckung einen solchen Schatz in unserem Institut hüten, warum diesen nicht für eine echte Imagekampagne nutzen? Ihr habt sicher schon von der Kür zur Premium-Forschungsstätte gehört.

Alle:	Klar!
Bruch:	Ich habe kurzerhand zwei Assistenten drangesetzt, und die haben mir in kürzester Zeit die nötigen Bewerbungsunterlagen fertiggestellt und eingesandt. Jetzt warten wir gespannt darauf: Es gibt zwar viele Bewerber, alle wollen gern Premium-Institut, Premium-Fakultät oder sonst so was sein. Macht halt doch einiges her. Aber ich denke, wir haben mit diesem Anti-Aging-Projekt einen ausgesprochenen Trumpf im Ärmel, wenn es um die Kandidatenauswahl und Prämierung geht.
Pagelakis:	Burkhard, lass mich das als Bürgermeisterin jetzt mal ganz deutlich sagen: Wir können stolz darauf sein, solch eine Forschungsstätte in unserer Stadt und solch einen bedeutenden Wissenschaftler in unseren Reihen zu haben!

Die Anwesenden spenden laut Beifall, Bruch deutet mit einem Nicken seinen Dank an.

3. Auftritt

Im Arbeitszimmer von Professor Bruch. Außer ihm sind anwesend: Fred Silverstone und Dr. Berg, ein Anwalt für Wirtschaftsrecht.

Bruch: Glauben Sie mir, ich weiß es sehr zu schätzen, Dr. Berg, dass Sie sich meines Anliegens so schnell angenommen und sich gleich einen Überblick zur Sachlage verschafft haben. Und dir, Fred, danke ich dafür, dass du sofort den Kontakt hergestellt hast.

Silverstone: Versteht sich doch von selbst unter Clubkameraden!

Berg: Ich konnte mich in der kurzen Frist tatsächlich nur einlesen, konnte natürlich noch kein Gutachten erstellen. Ganz evident ist jedoch für mich, dass ein patentrechtliches Schutzrecht für dies neue Verfahren beste Aussichten hat. Dasselbe gilt nicht weniger für die wirtschaftliche Verwertbarkeit.

Bruch: Aussichten ja, aber für wen?

Berg: Wie meinen Sie das?

Bruch: Mich interessiert, wer das Recht auf Verwertung hat, sagen wir: Wer wird Nutznießer?

Berg: Das ist wie vieles im Leben so eindeutig nicht. Die medizinische Fakultät hat als Arbeitgeberin ein Recht auf die Ergebnisse der Arbeit, die eine Arbeitnehmerin dort leistet.

Zu berücksichtigen wäre aber, ob die Leistung über das im Arbeitsvertrag Festgelegte hinausgeht. In jedem Fall sollte die Wissenschaftlerin ein Recht auf angemessene Vergütung haben, was die Verwertbarkeit ihrer Erfindung betrifft.

Bruch: Verstehe ich das jetzt recht: Da beißt sich doch irgendwie die Katze in den Schwanz?

Berg: Nicht notwendig. Die Aufgabe von uns Juristen ist es, streitend oder vermittelnd einen Ausweg aus solchen Dilemmata zu finden. Wir können einen Knoten knüpfen, können denselben aber auch durchtrennen.

Bruch: Und wie lange, ich meine rein zeitlich, könnte es bis zu solch einem Schlingen oder Lösen des Knotens dauern?

Berg: Das lässt sich noch nicht vorhersagen. Zunächst, was eine Vereinbarung mit der Gegenseite betrifft, Sie wissen ja: vor Gericht und auf hoher See …

Silverstone: … gerät man leicht in Teufels Küche.

Berg: lacht Auch dahin. Selbst wenn wir diese Hexenküche, Professor Bruch, heil überstehen: Eine Patentierung und wirtschaftliche Umsetzung erfordern nach aller Erfahrung einen langen Atem. Monate, im Normalfall mehr als das! Rechnen Sie eher mit ein bis zwei Jahren allein für eine Patentierung.

Silverstone: Ein Patent auf eine wundersame Beschleunigung gerichtlicher und verwaltungsrechtlicher Verfahren wäre mindestens so revolutionär wie dieses Anti-Aging-Verfahren.

Bruch: *wischt sich den Schweiß von der Stirn* Jahre, sagen Sie? Tut mir leid, so lange kann ich nicht warten. Da habe ich jetzt unsere Bewerbung als Premium-Fakultät abschicken lassen. Es gibt dafür jede Menge aussichtsreicher Kandidaten im Land und es geht um beträchtliche staatliche Fördermittel. Mit dem neuen Anti-Aging hätten wir einen, nein, den Joker in der Hand. Und es geht, wenn ich das in aller Bescheidenheit vertraulich und am Rande erwähnen darf, auch um meine Bewerbung als Dekan der Fakultät. Ich muss wohl nicht erwähnen, dass es da wie überall Neider und Gegenkandidaten gibt. Auch für eine erfolgreiche Bewerbung müsste ich greifbare Fortschritte vorweisen. Gewählt wird in sechs Wochen. Sie verstehen, Dr. Berg, es eilt, es drängt, es geht um wenige Wochen, nicht um Monate oder Jahre!

Berg: *Er deutet mit ausgebreiteten Armen eine Lösung an.* Dann sollten wir schon einmal eine vorläufige Bruchteilgemeinschaft ins Auge fassen.

Bruch: Bruch? Was hat das jetzt mit mir zu tun?

Berg: Das hat mit Ihnen nur insofern etwas zu tun, als bei einem gemeinsamen Patent die Fakultät, die Forscherin und gegebenenfalls Sie als Vorgesetzter, der die entscheidenden Impulse gesetzt hat, jeweils einen Bruchteil der Verwertungsrechte erhalten. Wenn wir, was das Kommerzielle betrifft, von vornherein zu einer Einigung aller Beteiligten fänden, wären wir einen deutlichen Schritt weiter. Das würde Vereinbarungen im Zusammenhang mit dem Patentierungsverfahren enorm erleichtern. Auch für die darauffolgenden Schritte kann ich Ihnen die Hilfe unserer Kanzlei anbieten.

Bruch: Als da wären?

Berg.: Den Spin-off für ein wissenschaftsbasiertes Start-up, Rechtsform, Finanzierungsmöglichkeiten und die damit zusammenhängenden Verträge. Da kommt nicht wenig auf Sie zu.

Bruch: Klar, auch dafür werden wir Ihre Unterstützung in Anspruch nehmen. Doch wer räumt das größte Hindernis aus dem Weg?

Silverstone: Wie meinst du das jetzt?

Bruch: Ich befürchte nach meiner letzten Begegnung mit ihr, dass diese Junior-Wissenschaftlerin auf Konfrontationskurs geht. Die hat mit Bruchrechnung nichts am Hut, die will alles und obendrein mich erledigen. Premium-Fakultät, Dekan, kommerzielle Verwertung, heiße Einnahmequelle für die Klinik und mein Institut, das können wir alles vergessen!

Silverstone: Nun mal langsam: Nichts, sagt ihr auf Deutsch, wird so heiß gegessen, wie … na, du weißt schon. Was hältst du davon, Professor, wenn wir diese Miss Springfield zu einem gemeinsamen Gespräch bitten und sie vorsichtig zu einem Kompromiss hin- oder verführen?

Bruch: Ich bezweifle, dass sie sich überhaupt auf ein Gespräch einlässt, von verführen ganz zu schweigen! Wir werden stattdessen von ihrem Anwalt hören.

Silverstone: Lass dich eines Besseren belehren! Ich habe sie mit Blick auf unser heutiges Gespräch hergebeten, sie ließ sich überreden und wartet draußen darauf, dass wir sie zum Gespräch bitten.

Silverstone steht auf, geht zur Türe und ruft Frau Ferati zu, sie möge Miss Springfield zu dem Gespräch bitten.

Bruch: Fred, du bist ein Teufelskerl. Wie hast du das geschafft?

Wenig später führt Frau Ferati einen hochgewachsenen jungen Mann, Daniel Bruch, und Frau Dr. Springfield, die Nachwuchswissenschaftlerin, herein.

Bruch:	Er springt auf. Wie? Was soll jetzt das? Daniel, du? Was hast du mit dieser Miss Springfield zu schaffen? empört Da will mich doch jemand an empfindlichster Stelle treffen!
Daniel B.:	Nun regen Sie sich mal nicht so auf, Herr Professor!
Bruch:	Immer noch dein Vater, wenn ich mich recht entsinne.
Daniel B.:	Gut, dass du das noch weißt. Erwartet habe ich das nicht.
Bruch:	Vergessen wir bitte eines nicht: Um sich erfolgreich aus dem Weg zu gehen, dazu gehören zwei.
Daniel B.:	Ich wusste stets, warum ich deine Nähe gemieden habe.
Bruch:	Und weshalb suchst du jetzt die Nähe zu dieser Springfield?
Daniel B.:	Frau Dr. Springfield, bitte, Herr Professor. Bruch winkt genervt ab.
Springfield:	Daniel ist ein langjähriger Freund von mir, Professor Bruch.
Bruch:	Freund? Ja so, da kommt einiges auf mich zu.
Daniel B.:	Wenn ich dir als Sohn gleichgültig war, dann kann es dir auch egal sein, mit wem ich befreundet bin.
Bruch:	unwillig Kommen wir zur Sache! Was ist der Zweck eures gemeinsamen Auftritts?

Daniel B.:	Wir haben selbstverständlich über ihre Erfindung gesprochen und wie sie ihre Ansprüche geltend machen könnte.
Bruch:	Ihre An…
Daniel B.:	Vor allem ihre. Denn gekümmert, das weiß ich von ihr, hast du dich um den Fortgang des Projektes kaum. Interessiert hat es dich erst, als dir klar wurde, was dies für dein Renommee und deine Brieftasche bedeuten könnte!
Bruch:	Eine Unverschämtheit! Und das muss man sich vom eigenen Sohn sagen lassen!
Daniel B.:	Unverschämt ist es, andere um die Früchte ihrer Arbeit zu bringen!
Bruch:	Vielleicht erläutern Sie ihm, wie hoch die Früchte für sie hängen, Dr. Berg.
Berg:	Es geht, Herr Bruch Junior, sofern Miss Springfield diese Erfindung überhaupt alleine zuzuschreiben ist, um die Erfindung einer Lohnabhängigen. Der Arbeitgeber, in diesem Fall das Institut, hat ein Recht auf Patentierung und gegebenenfalls Verwertung. Kommt es dazu, hat Miss Springfield ihrerseits einen Anspruch auf eine angemessene Vergütung.
Springf.:	Und wann kommt es Ihrer Meinung nach zu einer Patentierung und wirtschaftlichen Verwertung?

Berg:	Ein Patentierungsverfahren kann Jahre dauern, eine kommerzielle Verwertung davor wirft nach aller Erfahrung sehr viele Probleme auf.
Springf.:	*Sie fasst energisch Daniel Bruch am Arm und zieht ihn mit sich.* Komm, Daniel, siehst du nicht, die wollen uns für dumm verkaufen und so die Früchte meiner Arbeit ernten. Aber dieser Versuch wird ihnen noch bitter aufstoßen. Das garantiere ich denen.

Beide verlassen eilig den Raum und lassen die Tür hinter sich ins Schloss fallen.

Bruch:	Da sehen Sie, mit wem wir es zu tun haben, Dr. Berg. Doch Sie haben Ihre Sache hervorragend gemacht. Wenn ihnen jetzt nicht klargeworden ist, dass sie statt mit der fetten Taube sich mit einem Spatzen in der Hand begnügen sollten, dann weiß ich nicht! *zu Silverstone* Die Patentierung ist offenbar eine echte Großbaustelle. Wir sollten uns stattdessen schon einmal Gedanken machen, wie wir diese Erfindung sinnvoll verwerten können.
Berg:	Das kann zumindest nicht schaden, meine Herren. Ich bin für drei Wochen beruflich in den USA. Behalte aber mit meiner Kanzlei Ihre Patentierung im Auge, und nach meiner

Rückkehr können wir auch überlegen, welche weiteren Schritte hin zu einer kommerziellen Umsetzung möglich sind. Meine Herren: Es war mir eine Ehre! Damit ich es nicht vergesse: Eine präzise Dokumentation des neuen Verfahrens sollten Sie so schnell wie möglich meiner Kanzlei zuleiten. Ohne eine solche können wir kein Patentierungsverfahren einleiten.

Der Anwalt Dr. Berg verabschiedet sich.

Bruch: Hast du das mitbekommen, Fred: Die Dokumentation! Wer außer ihr kann die liefern und wird uns dafür die Pistole auf die Brust setzen? Ist also doch ein Teufelskreis!

Silverstone: Keine Panik, Professor, ich werde mir diese Springfield, wenn möglich auch deinen Filius, nochmals vornehmen. Mal sehen, wie ich mit denen ins Gespräch komme. Doch etwas anderes: Was habe ich da vorhin mitbekommen? Du willst als Dekan der medizinischen Fakultät kandidieren? Ist das bei all dem Trouble nicht ein bisschen viel auf einmal? Chef der Universitätshautklinik, Vorsitz im Veraltungsrat von drei weiteren Häusern im Umkreis … Übernimm dich nicht, Professor! Sonst haben wir die längste Zeit das Vergnügen mit dir gehabt.

Bruch: Was soll ich machen, Fred? Es ist nun mal die Regel, mein Lieber: Entweder du versuchst, in deinem Bereich alle Fäden in die Hand zu bekommen, oder sie entreißen dir nach und nach die wenigen, über die du bisher frei verfügen konntest.

Silverstone: Vielleicht hast du ja recht. Weshalb nur ein Stück vom Kuchen, wenn es auch der ganze tut? Ich ticke da nicht anders. Dennoch: Denk daran, dass unser aller Kräfte endlich sind!

4. Auftritt

In einem Straßen-Café sitzen Grace Springfield und Daniel Bruch beieinander.

Springf.: Daniel, kannst du dir das vorstellen? Sie haben mich quasi vor die Türe gesetzt. Mit dem Hinweis, dass meine Beschäftigung im Institut beendet ist, darf ich dort nicht mehr arbeiten. Meine Chipkarte für den Zugang ist ab sofort ungültig.

D. Bruch: Da sind sie formal im Recht, wenn dein Vertrag abgelaufen ist. Hast du wenigstens deine Unterlagen in Sicherheit gebracht, Grace?

Springf.: Ich habe die handschriftlichen Aufzeichnungen, die ich für die abschließende Dokumentation benötige, zuhause aufbewahrt. Zu den Apparaturen fehlt mir allerdings jetzt der Zugang. Das heißt, ich stehe mit halb leeren Händen da.

D. Bruch: Das nicht, Grace, eher mit halb vollen. Du hast das Wissen um dieses Verfahren im Kopf und hast deine Aufzeichnungen. Ohne das kann die andere Seite mit den Apparaturen wenig anfangen. Sie müssen wohl irgendwann eine gütliche Einigung mit dir suchen.

Springf.: Nicht dein Vater und nicht mit mir, da bin ich sicher. Ich glaube, er hat etwas gegen mich. Manch andere bekam ohne Probleme eine

Verlängerung ihrer Verträge angeboten, ich nicht. Vermutlich war ich ihm nicht devot genug. Und dann Informatikerin, auf diesem Gebiet kann er seine Überlegenheit nicht ausspielen. Erst als ich ihn über das Potential meiner Erfindung im kosmetischen Bereich aufklärte, gab er sich plötzlich kollegial. Aber echt, das habe ich gleich gespürt, war das nicht. Man hätte mich schnell ausgetrickst, wäre ich auf seine Vorschläge eingegangen. Dennoch, der Ausschluss aus dem Institut wirft mich weit zurück. Ich bräuchte dieses Diagnosemodul, um das Projekt endlich abzuschließen.

D. Bruch: Um an diese Geräte zu kommen, bleibt uns nur, vor den Kadi zu ziehen.

Springf.: Du meinst, damit hätten wir Erfolg? Könnten wir nicht notfalls neue Geräte besorgen oder in Auftrag geben und, sobald ich das Projekt ganz abgeschlossen habe, die kosmetische Behandlung auf eigene Faust anbieten?

D. Bruch: Grace, das ist eine Nummer zu groß.

Springf.: So ähnlich hat sich dein Vater auch geäußert, nur war ich nach seinen Worten die kleine wissenschaftliche Maus.

D. Bruch: So war er schon immer. Der Halbgott in Weiß blickt auf seine Labormäuse hinunter. Aber desungeachtet: Er weiß nur zu gut, dass du

	mit einer Verwertung auf eigene Faust größte Probleme bekommen würdest.
Springf.:	Und du kannst mir nicht helfen, die Hindernisse aus dem Weg zu räumen?
D. Bruch:	Ich fürchte, unser beider Möglichkeiten reichen dafür nicht aus. Wir können das von dir entwickelte Verfahren nicht einfach so mir nichts, dir nichts anbieten. Wir müssten einen Patentschutz haben, damit nicht jeder Beliebige es ebenso anwenden und uns dann mit etwas mehr Kohle und Einfluss aus dem Markt drängen kann. Einen Patentschutz bekommen aber nicht wir, ein Patentschutz steht dem Institut meines Vaters zu, sobald sie den beantragen. Das werden die mit Sicherheit tun. Lässt sich der Wert dieses Patents erst ermessen, dann hast du jedoch Anspruch auf eine angemessene Vergütung als Entwicklerin. Aber das kann dauern, die Mühlen der Behörden mahlen in diesem Bereich besonders träge. Einmal davon abgesehen: Für eine wirtschaftliche Umsetzung fehlt uns vermutlich auch das nötige Kapital. Ich habe erfahren, dass meine Halbschwester und deren Lover die kosmetische Anwendung ganz groß rausbringen wollen.
Springf.:	Ich wusste gar nicht, dass du eine Halbschwester hast. Ist das die Kosmetikerin, die der Professor mir als Gesprächspartnerin

	empfohlen hat? Eine Tochter aus der zweiten Ehe?
D. Bruch:	Genau. Und sie ist mit dem Sohn der hiesigen Bürgermeisterin liiert. Der Typ hat zwei Studien abgebrochen, arbeitet jetzt im Golfclub meines Alten als Head Greenkeeper. Ist nur begrenzt standesgemäß. Da würde ein Auftreten in einem Kosmetikstudio, ganz in Weiß mit Medizintouch, eher zur feinen Sippe passen. Ganz anders als uns wird es ihm und meiner Halbschwester nicht schwerfallen, für ein Glamour-Studio die nötigen Mittel aufzutreiben.
Springf.:	Du glaubst, das gelingt uns nicht? Wozu gibt es Banken und Kredite?
D. Bruch:	Die wollen bei unsereinem Sicherheiten, meine liebe Grace. Eine solche hättest du, wenn du über das Patent verfügen könntest. Tust du aber nicht. Und dann gehört zu einer Verwertung eine Menge geschäftliches Know-how. Okay, das kann man notfalls kaufen. Aber ich fürchte, da sind sie immer schon eher am Ziel. Das ist wie mit dem Hasen und dem Igel.
Springf.:	Wir haben also gar nichts in der Hand?
D. Bruch:	Im Gegenteil, Grace. Um ein Patent für das Institut zu beantragen, benötigen sie deine Dokumentation. Ohne die kommen sie keinen Schritt weiter. Damit kannst du einiges

	raushandeln, denn die erforderlichen Papiere kannst vermutlich nur du liefern. Du bist doch die einzige, die das Verfahren kennt?
Springf.:	Mary, eine Labormitarbeiterin, hat mich ab und zu unterstützt. Sie kennt sich mit dem Gerät ein wenig aus, könnte es mit etwas Mühe auch bedienen. Aber für eine Doku mit allen technischen Details, vor allem was die erforderlichen Algorithmen betrifft, reicht ihr Wissen auf keinen Fall. Sie ist nur Medizinerin, keine Software-Entwicklerin. Doch du bringst mich auf den Gedanken, der mir schon in der Auseinandersetzung mit deinem Vater kam: Wir lassen ihn zappeln. Du hast recht: Er muss über kurz oder lang bei uns anklopfen. Nicht zuletzt deshalb, weil sich dein Vater diesen Spleen mit der Premium-Fakultät in den Kopf gesetzt hat. Das habe ich dieser Tage von einer ehemaligen Kollegin erfahren. Und die Universitätsspitze, sagte sie, sei auch ganz heiß auf dieses Label. Ist für die so eine Art wissenschaftlicher Heiligenschein!
D. Bruch:	Was bringt ihnen der?
Springf.:	Der scheint und scheint!
D. Bruch:	Und blendet und blendet?
Springf.:	Vor allem das. Aber vergessen wir nicht: Er gibt auch einer Menge von Gutachtern und Antragstellern dauerhaft Arbeit und Brot.

Auf verschlungenen Wegen bringt er vielleicht auch uns voran. Also, let's wait and see, wie man so schön sagt!

In diesem Augenblick tritt Silverstone an ihren Tisch.

Springf.: völlig überrascht, beinahe erschrocken   Sie? Was wollen Sie hier? Spionieren Sie uns etwa nach?

Silverstone: Er versucht, sie zu beruhigen. Aber ich bitte Sie, Miss Springfield. Warum sollte ich? Das ist nicht meine Art. Ich kam zufällig hier vorbei, sah Sie und Herrn Bruch, und da dachte ich, wir könnten nochmals miteinander reden. So unter uns, ohne die aufgeregte Stimmung in Professor Bruchs Diensträumen. Wenn Sie gestatten?
Springfield deutet Zustimmung an, Daniel Bruch weist auf den freien Platz am Tisch.

D. Bruch: Wir laden Sie zu einem Drink ein, und Sie erzählen uns, was Sie mit meinem Vater und diesem Anwalt – wie hieß der nochmal?

Silverstone: Sie sprechen vermutlich von Dr. Berg.

D. Bruch: Okay. Aber in erster Linie interessiert mich, was Sie mit meinem Vater …?

Silverstone: Hm. Wie soll ich sagen?   Er überlegt einen Augenblick, als suche er nach einer Formulierung.   Mit Ihrem Vater, sagen Sie, Herr Bruch? Mit ihm hatte ich nur insofern zu tun, als mich Dr. Berg in die Verhandlung eingebunden hat.

42

Springf.: Sie sind auch Anwalt?

Silverstone: Nein, ich bin kein Jurist, obwohl, ein wenig habe ich mich mit Wirtschaftsrecht beschäftigt.

Springf.: Dann verstehe ich nicht ...

Silverstone: Sie meinen, weshalb ich damals an der Unterredung beteiligt war?

D. Bruch: Muss man Ihnen jedes Wort in mühsamem Zweikampf abringen?

Silverstone: Ich weiß nicht, worauf Sie hinauswollen.

D. Bruch: sichtlich genervt, Silverstone ist derweil mit seinem Drink beschäftigt. Zum Kuckuck, ich würde gerne wissen, wer Sie sind.

Silverstone: Ach so, wenn es weiter nichts ist: Hier haben Sie meine Visitenkarte: Fred Silverstone, unabhängiger Finanzberater.

Springf.: Aha! Und was wollten Sie in dieser Funktion bei meinem ehemaligen Boss?

Silverstone: Dr. Berg bat mich, das Treffen mit ihm und auch mit Ihnen, Frau Springfield, zu arrangieren. Er zieht mich stets hinzu, wenn er bei einem Klientengespräch vermutet, es könnten Finanzierungsfragen erörtert werden.

D. Bruch: Und? War das bei jenem Gespräch der Fall? Herrgott nochmal, lassen Sie sich doch nicht jedes Wort ...

Silverstone: Ich bitte Sie, Herr Bruch, Sie haben doch an dem Gespräch selbst teilgenommen. Zu Finanzierungsfragen kam es nicht, es ging lediglich um Patentierungsfragen. Ist nicht mein Fachgebiet. Wenn es das war …

Springf.: Eine Frage noch: Finanzberater, sagten Sie? Worin genau beraten Sie Ihre Kunden?

Silverstone: Meine Klienten?

D. Bruch: Genau die! Wen denn sonst?

Silverstone: *Springfield zugewandt* Um auf Ihre Frage zurückzukommen: Ich unterbreite Vorschläge, wenn es darum geht, Geld anzulegen, bin behilflich bei der Umstrukturierung von Vermögen und dessen Gegenteil und vermittle günstige Kredite, wenn es um Investitionen geht. Wenn Sie …

Springf.: Kredite für Investitionen, sagen Sie?

Silverstone: Genau die. Wenn Sie zufällig eine größere planen, könnte ich …

D. Bruch: Nein, das war nur so eine Frage.

Springf.: Na, lass mich doch, Daniel! So generell würde ich das nicht ausschließen.

Silverstone: Falls bei Ihnen eines Tages Geldanlage oder Kreditaufnahme in Frage kommen: Sie wissen jetzt immerhin, an wen Sie sich wenden können. Meine Karte gab ich Ihnen bereits. Da wissen Sie jederzeit, wie Sie mich erreichen. War mir ein Vergnügen, Sie kennenzulernen. See you again, Miss Springfield. Sie natürlich auch, Mr. Bruch! Damit ich es nicht vergesse: Danke, für den Drink!

Silverstone verabschiedet sich mit der Andeutung eines Dieners und verschwindet gleich darauf in der Menge.

Springf.:   Was hältst du von dem, Daniel?
D. Bruch: Alles, was ich dir dazu sagen kann: Ich werde aus diesem Typ nicht schlau. Ich bezweifle auch, dass er rein zufällig vorbeikam. Wir sollten einfach abwarten, bis die Gegenseite wegen der Dokumentation für das Patent auf uns zukommt! Dann wissen wir mehr.

5. Auftritt

Im Büro der Bürgermeisterin Sofia Pagelakis, die Franz Zeisig, einen pensionierten Schulleiter, empfängt.

Pagelakis: Herr Zeisig, ich bekam zufällig mit, dass Sie gerade hier im Haus …

Zeisig: Ich muss meine Ausweispapiere erneuern lassen, Frau Bürgermeisterin.

Pagelakis: Und da dachte ich, es wäre die Gelegenheit, mit Ihnen kurz über das Projekt von Professor Bruch zu sprechen. Sie sind ein sehr belesener Mensch. Wie sehen Sie das?

Zeisig: Projekt?

Pagelakis: Sie erinnern sich? Goldesel und erneuerte Jugend!

Zeisig: Richtig, Jugend, extern und partiell.

Pagelakis: Extern und partiell?

Zeisig: Ja, ich habe mir das durch den Kopf gehen lassen. Es war vom Gesicht und Dekolleté die Rede. Da frage ich mich: Wo bleibt der ganze Rest? Sozusagen die Hauptsache. Sie werden sagen: Sieht man nicht. Da muss ich erwidern: O doch! Da blickt einer in ein bezauberndes Gesicht und sofort verlangt ihn nach mehr, sogar nach sehr viel mehr.

Pagelakis: Aber Herr Zeisig, so kannte ich Sie gar nicht!

Zeisig: Na, so ist der Lauf der Welt von Anfang an, Frau Bürgermeisterin. Sonst gäbe es uns heute nicht.

Pagelakis: Klingt logisch. Aber ich nehme an, Herr Zeisig, was für den Bereich von Gesicht und Dekolleté möglich ist, ließe sich bei Bedarf auch auf andere Bereiche ausweiten.

Zeisig: Das wären dann umfangreichere Polsterarbeiten. Und eine gewaltige Investition.

Pagelakis: Was meinen Sie mit Polster?

Zeisig: Auffüllen, unterpolstern, straffen, aufhängen, hie und da auch etwas abtragen oder entsorgen, ohne das kämen wir da nicht aus. Ein umfangreiches Programm. Ich bezweifle, dass Professor Bruchs Kosmetikmodul schon derart umfassende Restaurierungsarbeiten vornehmen kann. Und dabei sprachen wir, wenn Sie den Vergleich gestatten, gerade erst von der Karosserie. Was bringt es, diese aufzupolieren, wenn der Motor stottert, die Reifen nur noch wenig Profil aufweisen, das tragende Gerüst spröde oder bereits vom Zahn der Zeit angenagt ist? Sie werden gestehen, Frau Bürgermeisterin, unter solchen Umständen schreit alles nach einer Runderneuerung.

Pagelakis: lacht Das wäre sehr, sehr aufwändig, mein Lieber.

Zeisig:	Sehen Sie: Bei einem Automobil würde man sagen: Das Geld stecken wir lieber in ein neues Modell!
Pagelakis:	Ich bitte Sie! Sie glauben doch nicht, man könne Mensch und Maschine derart vergleichen, was Kosten und Nutzen betrifft?
Zeisig:	Erleben Sie denn in Ihrem Umfeld nicht, dass mal da, mal dort alt gegen jung ausgetauscht wird? Sie kennen doch den Kalauer: Tausche meine Alte gegen …
Pagelakis:	Jetzt gehen Sie aber doch zu weit, Herr Zeisig. Einmal abgesehen davon, dass eine derartige – wie soll ich sagen – Generalüberholung oder gar ein weitgehender Austausch von Teilen bei unserem Projekt nicht zur Diskussion stehen. Der Mensch ist schließlich mehr als Haut, Knochen und funktionierende Organe.
Zeisig:	Eben, Frau Bürgermeisterin! Weil es dies Mehr gibt, den Menschen mit seinen Stärken, seinen vielen kleinen Schwächen, einer bewegten Geschichte und einer Erinnerung an all dies, deshalb ist es vielleicht gar nicht so wichtig, die kleinen Dellen hie und da auszubessern. Sonst stört hernach, dass die neue Außenhaut nicht zum altvertrauten Innenleben passt. Sehen Sie, das ist es vielleicht, weshalb die überschäumende Begeisterung, wie

	sie sich neulich im Club breitmachte, nicht so recht auf mich übergreifen will.
Pagelakis:	Zeisig, jetzt haben Sie mir ein wenig die Stimmung verdorben. Ihre Grübeleien könnten mich anstecken. Das schöne Projekt!
Zeisig:	Wenn es zu klarerer Sicht verhilft, was spricht gegen ein wenig Grübelei? Grüß Gott, Frau Bürgermeisterin. Statt zu sagen, es war mir ein Vergnügen, muss ich mir wohl auf die Zunge beißen.
Pagelakis:	*Sie lacht schon wieder, droht mit dem Zeigefinger.* Behüte Sie Gott, Zeisig, und nehmen Sie sich in Acht. Sie werden nicht überall so geduldige Zuhörer finden.

Zeisig ist gegangen, wenig später wird von der Büroleiterin Fred Silverstone hereingeführt.

Silverstone:	Grüß Gott, Frau Bürgermeisterin! Gerade ist mir auf der Treppe der Zeisig über den Weg gelaufen. Grinste vor sich hin und schien ganz mit sich selbst beschäftigt, ein seltsamer Vogel.
Pagelakis:	Aber harmlos, jedenfalls kein Raubvogel.
Silverstone:	Was soll das jetzt heißen?
Pagelakis:	*lächelnd* Nur so. Nehmen Sie das mit dem Raub nicht so ernst. Wir tun ja den Tieren Unrecht, wenn wir ihnen Eigenschaften zuschreiben, die bei uns Menschen gang und gäbe sind. Doch was diesen Zeisig betrifft: Wir haben uns ganz nett über unser großes

Projekt unterhalten. War jedenfalls interessant.

Silverstone: Und, was meint er dazu?

Pagelakis: Er sieht wohl den Sinn dieser Teilaufhübschung, so würde er das bezeichnen, nicht so recht ein. Meint, danach würden mögliche andere Makel umso mehr ins Gewicht fallen. Kurz: Schlechte Karten für ein Geschäft, das, wenn es nach uns geht, bald richtig brummen soll. Er unterschlägt dabei, dass die Verschönerung seit jeher ein Anliegen von uns Menschen ist.

Silverstone: Eben, denken Sie nur an diese Kleopatra. Wie hat die wohl den mächtigsten Mann Roms verführt? Mir hat er auch so eine seltsame Geschichte erzählt: Von einem, der sich in sein eigenes Spiegelbild verliebt hat. Er sprach von Narzissmus, dem wir wohl mit diesem neuen Verfahren ordentlich Auftrieb geben. Und ob wir das wirklich wollten?

Pagelakis: Na ja, ganz auszuschließen ist so eine Wirkung nicht. Aber das tut ja irgendwie auch die Modeindustrie. Sollen wir deshalb auf dies Geschäft verzichten?

Silverstone: Wir nicht, Frau Bürgermeisterin. Es kommt ja auch keinem in den Sinn, dem Schnapsbrenner, Tabakproduzenten oder Betreiber von Spielhallen das anzulasten, was ihre Produkte möglicherweise anrichten. Im Gegenteil, der Fiskus profitiert mit lachendem Auge von deren Umsätzen. Man muss die Dinge nur sauber genug trennen. Der Zeisig sieht die Dinge zu, wie soll ich sagen, grundsätzlich. Da kann es nicht ausbleiben, dass er überall ein Haar in der Suppe entdeckt.

Pagelakis: Und Sie, Fred, wie sehen Sie die Dinge?

Silverstone: Klar, in Zahlen und in Vergleichen! Sind die Dinge erst auf eine Zahl gebracht, verlieren sie die Mehrdeutigkeit, die den Worten immer anhaftet. Dann können wir sie vergleichen und je nach Fragestellung den für uns relevanten Wert auswählen. So mache ich das jedenfalls, wenn es um Geldanlagen geht.

Pagelakis: Dann wollen wir hoffen, Fred, dass Sie immer jene Eindeutigkeit erreichen, die Sie den Worten absprechen.

Silverstone: Na ja, ganz ohne Glück und ein geschicktes Händchen kommt man auch in meinem Geschäft nicht weiter. Hoffen wir, dass uns das auch in diesem Geschäft mit dem Professor den rechten Weg weist. Aber, weshalb ich eigentlich zu Ihnen gekommen bin: Ich hatte ein Gespräch mit dieser Springfield und Professor Bruchs Ältestem. Sie erinnern sich: dem von der ersten Frau. Traf die zufällig in einem Straßencafé und dachte mir: Fred,

	diese Gelegenheit lässt du dir nicht entgehen. Denen fühlst du auf den Zahn.
Pagelakis:	Und haben Sie?
Silverstone:	Habe ich!
Pagelakis:	lacht Die haben hoffentlich nicht zugebissen?
Silverstone:	Aber fast schon angebissen. Zumindest die Springfield schien an meinen Finanzdienstleistungen interessiert. Ganz so, als ob sie demnächst eine größere Investition vorhabe. Jetzt frage ich Sie, Frau Bürgermeisterin: In welche Branche kann die wohl investieren? Sprich: Wir müssen auf der Hut sein und dürfen nicht zu lange mit der Vermarktung dieses kosmetischen Verfahrens warten. Sie sind doch auch interessiert, weil sie da eine Geschäftsidee für Ihren Filius sehen?
Pagelakis:	Ja, und dem Professor eilt es aus verschiedenen Gründen auch. Seine Tochter, die Karriere, das liebe Geld und so weiter. Und überhaupt, unser ganzer Golfzirkel wittert da eine Chance, ach was, die Chance aller Chancen! Ich sage nur: Goldesel! Also Silverstone, wir müssen darauf achten, dass wir bei die sem Projekt auf der Überholspur bleiben. So eine Chance bekommen wir nicht alle Tage!
Silverstone:	Nicht nur weil es in meinem eigenen Interesse ist, versichere ich Ihnen: Sie können sich voll auf mich verlassen, Frau Bürgermeisterin, ich lasse da nicht locker!

Silverstone verabschiedet sich auch hier mit einer leichten Verbeugung, die von Pagelakis mit einem Lächeln registriert wird.

6. Auftritt

Im Foyer des Clubhauses. Alexander Meyer, der Verwaltungschef der Dermatologischen Klinik, und der Bauunternehmer Hans Ziegler stehen beieinander. Sie schauen sich ab und zu um, ob sie auch niemand belauscht, doch vorerst sind sie allein.

Meyer:	Grüß dich, Hans. Schön, dass wir uns hier treffen. Wir wollten ja schon lange mal über den Klinikneubau sprechen.
Ziegler:	Genau, Alex, ich müsste wissen, wie weit ihr mit den Planungen und den Finanzierungszusagen seid. Ich habe einige Projekte am Laufen, es kann demnächst zu weiteren Vertragsabschlüssen kommen. Du verstehst: Wir sind momentan ausgelastet und werden das auf einige Zeit hin sein. Das heißt: Wir haben vorerst wenig freie Kapazitäten. Mehr gibt der Arbeitsmarkt einfach nicht her.
Meyer:	Hans, ich kann dir versichern, wir werden weder morgen noch übermorgen von dir verlangen, du sollst die Bagger anrollen lassen. So wendig ist Vater Staat, das alte Schlachtschiff, nicht. Die Planungen für den Klinikneubau sind noch nicht endgültig abgenickt, selbst die Liegenschaftsfragen sind nicht restlos geklärt. Und dann die Finanzierung: Bisher ist nur ein Teilbetrag in den Haushalt eingestellt. Das könnte sich allenfalls ändern,

	wenn dieses Forschungsprojekt unseres Instituts … Du weißt, was ich meine?
Ziegler:	Klar, wir alle sprechen nur vom Goldesel.
Meyer:	lacht Als Ökonom und Verwaltungsmensch sehe ich das zwar etwas nüchterner. Könnte ja auch ein Flop sein?
Ziegler:	Ne, ne, ne, mein Lieber. Das ist vielversprechend, ich habe einen sechsten Sinn für solche Dinge.
Meyer:	Okay, Hans, wenn das so ist, umso besser. Dann sollten auch die Träume vom Professor, du weißt, von wegen Premium-Fakultät und so, Realität werden. Das könnte die Schleusen öffnen, was die öffentlichen Gelder angeht, vielleicht auch Drittmittel anlokken. Aber bist du sicher, dass das Projekt tatsächlich so eine Art Goldesel wird?
Ziegler:	Ich sagte dir gerade, ich habe einen sechsten Sinn für solche Glücksfälle.
Meyer:	Hm. Und du meinst, auch unsereins könnte da noch mit … na, du weißt schon, was ich meine.
Ziegler:	Glaub mir, Alex, da gibt es eine Menge Möglichkeiten, dein Geld im Schweiße seines Angesichts für dich arbeiten zu lassen. Ich habe eigens einen jungen Mitarbeiter drangesetzt, nach den aussichtsreichsten Investitionen zu suchen.

Meyer:	Investitionen? Du sprichst in der Mehrzahl. Bringen denn die Geschäfte, von denen der Professor träumt, nix?
Ziegler:	Alex, die sind das eine. Aber in der Regel führen mehrere Wege zum Ziel. Bringst du bei so einem Projekt dein Geld an mehreren Startblöcken zugleich in Stellung, verringerst du das Risiko und kannst gleich mehrfach auf dem Siegertreppchen stehen.

Sie schauen sich erneut um, ob sie auch keiner belauscht. Aber sie sind weiterhin alleine.

Meyer:	Wie soll das funktionieren mit den Startblöcken?
Ziegler:	Da ist zum einen die Vermarktung, die der Professor im Zusammenhang mit dem Institut vornehmen will. Dafür werden Geldgeber gesucht. Da könntest auch du einsteigen. Bei eurem Medizingerätehersteller wird eine starke Nachfrage nach diesem Behandlungsmodul das Geschäft ordentlich beleben. Dasselbe gilt für die benötigten Reagenzien, Vitalstoffe und anderes. Du musst nur herausfinden, wo und wann dir rechtzeitig der Rubel entgegenlachen wird.
Meyer:	Und du könntest mir gelegentlich einen Tipp geben, Hans?

Ziegler:	Und du mich auf dem Laufenden halten, was die Ausschreibung für den Klinikneubau betrifft, Alex?
Meyer:	Manus manum lavat, wie man so sagt: Eine Hand wäscht die andere.
Ziegler:	*Er lacht.* Umso besser, dann sind hernach beide sauber!

Inzwischen treffen auch die übrigen Mitglieder der Golfgruppe *Goldesel* ein. Als letzter kommt wie immer Professor Bruch. Er hat gerade seine wöchentliche Platzrunde hinter sich.

Pagelakis:	Da ist endlich unser Professor! Damit sind wir vollzählig.
Ziegler:	Und, waren wir erfolgreich, Burkhard?
Zeisig:	Die Frage erübrigt sich bei unserem Professor.
Bruch:	Richtig, Zeisig, ich habe etwas für Körper und Geist getan.
Zeisig:	Den Geist auch? Und das hier?
Bruch:	In der Tat. Wo sonst könnte ich besser abschalten. Nur wenn der Geist ruht, lädt er sich wieder auf.
Silverstone:	*Er kommt gerade aus einem Nebenraum, tritt an den gedeckten Tisch und lädt alle ein, Platz zu nehmen.* Die Tanja kann jetzt auftragen. Tanja, bitte!
Zeisig:	Diesmal ist offenbar Tischlein-deck-dich angesagt.

Silverstone: Heute so, morgen so, wir nehmen es, wie es kommt. Er wendet sich Bruch zu. Nicht wahr, Professor? Was macht die Wissenschaft?
Bruch winkt ab, als nerve ihn die Frage.

Pagelakis: Darf man schon bald zum Dekan gratulieren?

Bruch: Er winkt erneut ab. Habt ihr eine Ahnung! Ein Hindernislauf ist im Vergleich dazu ein Spaziergang. Jetzt sitzt mir auch noch der Universitätspräsident im Nacken. Nachdem ich ihm von meinen Plänen mit der Premium-Fakultät erzählt habe, erkundigt er sich tagtäglich, wie es bei uns vorangeht. Dabei sind uns die Hände gebunden, solange das Bewertungsverfahren läuft. Da hängt vieles davon ab, wessen Netzwerk sich letztlich durchsetzt. Und was unseren Goldesel betrifft, treten wir auch auf der Stelle.

Pagelakis: Was ist mit dieser Springfield? Ich meine, wenn du der noch mal ins Gewissen reden könntest.

Bruch: Habe momentan keinen Zugang zu ihr, schon gar nicht zu ihrem Gewissen. Ich fürchte, die möchte, was sie für ihre Erfindung ausgibt, ganz ohne uns zu Geld machen. Gott behüte! Wenn sie damit durchkäme, sähen wir ganz schön alt aus.

Zeisig: Bliebe nur ein ganz gewöhnlicher Esel übrig oder gleich mehrere!

Er zieht missbilligende Blicke auf sich.

Bruch: Zeisig, das wollen wir uns gar nicht erst vorstellen. Verstanden?

Pagelakis: Und hast du schon einen Plan, Burkhard? Oder hat einer von euch eine Idee, wie wir den Stillstand überwinden?

Silverstone: Professor, ich habe dieser Springfield und deinem Filius, auf den Zahn gefühlt. Kooperieren werden die so schnell nicht, und wenn, dann werden sie sich das ordentlich versilbern lassen. Unvernünftig wäre es deshalb zu warten, bis eines Tages ein Patent erteilt ist und diese Springfield sich zu Verhandlungen bereiterklärt. Sie schien mir eher mit dem Gedanken zu spielen, dies Verfahren selbst auf den Markt zu bringen. Was können wir dagegen tun? Wir müssen so bald wie irgend möglich öffentlich demonstrieren, über welches kosmetische ...

Ziegler: und wirtschaftliche ...

Silverstone: ... Potential wir, und nur wir, in Gestalt des Instituts, verfügen. Wir müssen von der Stand- auf die Überholspur.

Bruch: Das sehe ich inzwischen auch so. Stellt euch vor, wir hüten hier einen Schatz, und keiner weiß, dass es den überhaupt gibt! Wir sind nicht die Sorte Wissenschaftler, die sich im

	Elfenbeinturm verstecken muss. Schließlich haben wir etwas zu bieten, das für jedermann –
Pagelakis:	Nicht zuletzt jede Frau –
Bruch:	– von allergrößter Bedeutung ist. Freunde, die besten Gedanken entwickelt man oft im Team. Mir ist jetzt klar, dass wir geradezu eine Bringschuld haben, was die Öffentlichkeit angeht. Wir dürfen sie nicht länger warten lassen.
Pagelakis:	Erst recht nicht uns selbst! Also geht es nicht mehr um das Was, sondern allein um das Wie!
Bruch:	Der Ideenwettbewerb ist eröffnet.
Zeisig:	Die Presse muss wohl her. Ohne diesen Verstärker wird keiner etwas von diesem Esel, pardon, will sagen, von diesem Forschungsergebnis erfahren.
Ziegler:	Und den wirtschaftlichen Aspekt sollten wir dabei keinesfalls verschweigen.
Bruch:	Ohne ihn zu sehr ins Rampenlicht zu stellen. Man wird uns sonst unwissenschaftliche Absichten unterstellen. Dabei geht es doch nicht zuletzt auch um den wissenschaftlichen Fortschritt!
Ziegler:	Der umso flotter unterwegs ist, desto schneller der Rubel rollt.
Bruch:	Bitte, Hans, ich rate zu Mäßigung. Zumindest verbal!

Silverstone: Gönnen wir uns einen ordentlichen Schluck und halten fest: Dass die medizinische Fakultät durch ihre Haut –

Pagelakis: Dermatologische Abteilung klingt besser!

Silverstone: – durch ihr Institut für Dermatologie über eine so weitreichende Entdeckung verfügt, müssen wir unüberhörbar unters Volk bringen. Dazu können wir uns nicht auf den Marktplatz stellen und dort von unserem Schatz erzählen, dazu bedient man sich heute, Zeisig sprach es schon an, der Medien als Verstärker. Wir brauchen wirkungsstarke Multiplikatoren.

Ziegler: Multi was?

Silverstone: Journalisten, die das möglichst vielen mitteilen, also weit verbreiten. Wer wäre dafür besser geeignet als die Führungsriege des hiesigen Allgemeinen Volksblattes.

Bruch: Nichts leichter als das: Der Chef dort und ich, wir kennen uns aus unserer gemeinsamen Verbindungszeit.

Silverstone: Das ist ja fast schon hyperoptimal! Doch wie sieht der nächste Schritt aus? Wir können nicht die Werbetrommel rühren lassen, und danach passiert nichts mehr.

Pagelakis: Wir sollten uns auf eine baldige Vermarktung einrichten. Die Nachfrage wird unmittelbar einsetzen, nachdem das revolutionäre Verfahren in der Presse vorgestellt ist. Besser jedenfalls, wir machen den ersten Schritt zur praktischen Anwendung als diese, wie war noch mal ihr Name?

Bruch: Springfield!

Silverstone: Und für die praktische Umsetzung brauchen wir ein Geschäftsmodell.

Pagelakis: Ein kosmetisches Institut. Das kleine Kosmetikstudio deiner Tochter, Burkhard, ließe sich entsprechend groß ausbauen.

Silverstone: Am besten als Teilhabergesellschaft. Da könnten wir als Teilhaber selbst einsteigen und danach auch weiteren Interessierten Teilhabescheine zum Kauf anbieten.

Bruch: Und wo bleibt meine Klinik und mein Dermatologisches Institut? Es läuft, wenn ich mal vorsichtig daran erinnern darf, ja noch die Dekanatswahl, ganz zu schweigen von der Premiuminitiative. Aus der soll die Fakultät wie neugeboren hervorgehen, wer weiß, vielleicht sogar die ganze Universität.

Silverstone: Das verlieren wir nicht aus dem Auge, Professor. Aber ein Schritt nach dem anderen! Gerade waren wir dabei, die großartige Erfindung der Öffentlichkeit vorzustellen. Daraus ergibt sich die Notwendigkeit einer zügigen Vermarktung. Deine Klinik kann schwerlich ein solches Unternehmen betreiben. Dazu braucht es diese aus der Klinik ausgelagerte Gesellschaft, am besten eine

Beteiligungsgesellschaft und verantwortliche Unternehmensgründer. Deine Klinik wird, sobald das mit dem Patent geklärt ist, aus der Vergabe von Lizenzen profitieren.

Bruch: Nur wann? Das wird, wie uns dieser Dr. Berg versichert hat, so schnell nicht passieren.

Silverstone: Dann sollten wir die Sache so regeln, dass ab sofort quasi als Vorauszahlung für die noch fehlende Lizenz eine ordentliche Summe an die Klinik fällt. Natürlich öffentlichkeitswirksam und mit den allerbesten Absichten.

Bruch: Öffentlichkeitswirksam, allerbeste Absichten! Fast schon wie im Dinnerclub. Fred, man merkt halt, dass du ein gewiefter Manager bist.

Silverstone: Das will ich hoffen!

Pagelakis: Und wozu können wir anderen beitragen?

Silverstone: Zunächst mit einer Einlage, die wir selbstverständlich alle tätigen.

Zeisig: Einlage?

Silverstone: Eine finanzielle Einlage, Zeisig! Das muss so sein, wenn Sie mitverdienen wollen. Quasi ein Vorschuss. Den werden auch weitere Anleger leisten müssen, so sammeln wir Kapital ein. Dann müssen wir für das bestehende Kosmetikstudio von Burkhards Tochter neue und wesentlich größere Geschäfts-

	räume suchen, und wir brauchen einen Geschäftsführer. Wie ich hörte, Sofia, stünde dafür dein Filius zur Verfügung?
Pagelakis:	Sie nickt. Er steht!
Bruch:	Gut, aus dem Kosmetikstudio machen wir ein Kosmetikinstitut. Dafür müssen wir einen klingenden Namen finden.
Pagelakis:	Ist mir dieser Tage schon mal eingefallen: Wie wäre es mit Studio *Jeuneter*?
Bruch:	Jeuneter? Was soll das heißen?
Pagelakis:	Steht für Jeunesse éternelle.
Zeisig:	Fast schon genial, diese Idee.
Bruch:	Genau so sehe ich das auch.
Ziegler:	Und wo wollt ihr euch niederlassen? Sofia, kannst du als Bürgermeisterin uns nicht bei der Suche nach einem 1a-Standort behilflich sein?
Bruch:	Genau, Sofia. Du tust das ja auch für unsere Kinder. Und bringst ein neues Unternehmen in die Stadt, einen neuen Steuerzahler, attraktive Arbeitsplätze und mehr.
Pagelakis:	Ich will sehen, was sich machen lässt. Eine passende Immobilie finde ich bestimmt. Werde auf eine gute Lage und ordentliche Verkehrsanbindung achten. Nehmt mich beim Wort.
Bruch:	Da unserem Präsidenten nicht weniger als mir an diesem Unternehmen gelegen ist, werden wir uns erkenntlich zeigen.

Er lächelt verschmitzt.

Pagelakis:	Wie meinst du das, Burkhard?
Bruch:	Wenn es sein muss, machen wir dich glatt zur Ehrensenatorin unserer Alma Mater.
Pagelakis:	Jetzt scherzt du aber. Mich?
Bruch:	Trag das mit Fassung: Andere haben sich schon für weit weniger einen Ehrentitel an die Brust heften dürfen! Schließlich bist du eines der Gründungsmitglieder der neuen, aus der Universität ausgelagerten Beteiligungsgesellschaft.
Zeisig:	Und nicht zu vergessen: deren Taufpatin! Ich erinnere an Jeuneter!

7. Auftritt

Früh am Vormittag; Wieder einmal haben sich die Freunde des Goldesels im Clubhaus des Golfplatzes getroffen. Diesmal geht es um den entscheidenden Schritt
an die Öffentlichkeit, der die Vermarktung einleiten soll. Den Vorsitz hat Professor
Bruch, der nicht von einer Runde auf dem Platz, sondern direkt aus seiner Klinik
herbeigeeilt ist.

Bruch: Verehrter Herr Präsident van der Wiss, lieber
           Volker Lauthals, Chefredakteur unseres All-
           gemeinen Volksblattes, verehrte Frau Bür-
           germeisterin Pagelakis, liebe Clubkameraden
           und Gründungsmitglieder von Jeuneter! Als
           einstweiliger Vorsitzer des neuen Unter-
           nehmens darf ich Sie herzlich an vertrautem
           Platz, im Restaurant unseres Clubhauses, be-
           grüßen. Wir wollen heute den überfälligen
           Schritt an die Öffentlichkeit wagen und sind
           dankbar, dass wir mit dem Herrn Universi-
           tätspräsidenten und dem Chefredakteur
           unseres überregionalen Volksblattes zwei
           Persönlichkeiten gewinnen konnten, deren
           Stimme weit über unsere Stadt hinaus Gehör
           findet. Dank auch an Tanja, die wie immer
           für das leibliche Wohl von uns allen sorgt
           und ein wachsames Auge darauf haben wird,
           dass keiner in ein leeres Glas schauen muss!
           allgemeiner Beifall

Lasst mich, liebe Anwesende, kurz die Historie des neuen, aus unserer hehren Alma Mater hervorgegangenen Projektes rekapitulieren. Zur Welt kam es in unserer medizinischen Fakultät, um genau zu sein, in meinem Dermatologischen Institut. Aufbauend auf meinen allseits bekannten Forschungen zur Regeneration der menschlichen Haut entstand hier ein bisher nicht für möglich gehaltenes Verfahren zur gezielten Verjüngung. Nach Eingabe und Verarbeitung einer Vielzahl von medizinisch relevanten Daten der jeweiligen Patienten erstellt unser Behandlungsmodul einen präzisen Medikations- und Injektionsplan. Eine Mitarbeiterin drückte es einmal so aus: Die derart Behandelten würden sich hernach im Spiegel kaum selbst wiedererkennen. Dies für die Dermatologie und darüber hinaus für den anspruchsvollen Beautybereich revolutionäre Verfahren wollten und durften wir einer interessierten Öffentlichkeit nicht länger vorenthalten und haben deshalb mit Jeuneter ein Unternehmen zur kommerziellen Umsetzung aus der Taufe gehoben. Dank des Einsatzes unserer geschätzten Bürgermeisterin, Frau Sofia Pagelakis, werden wir, sobald die Handwerker ihre Arbeiten abgeschlossen haben, über einen Beautybereich verfügen, welcher diesem revolutionären Produkt ein in jeder Hinsicht angemessenes Ambiente bietet. Als Vorstand darf ich schon einmal ankündigen, dass wir allen hier Anwesenden unmittelbar vor Eröffnung des kosmetischen Instituts gratis die Möglichkeit geben werden, sich persönlich vom Resultat einer solchen Behandlung überzeugen zu lassen.

Ein lautes Oh! und Beifall ertönen.

Damit ist, was meinen Part betrifft, das Wesentliche gesagt. Es bleibt das Finanzielle, wofür ich das Wort unserem Freund Fred Silverstone, seines Zeichens Anlage- und Finanzberater, übergebe. Er hat zusammen mit Alexander Meyer, dem Verwaltungschef unserer Klinik, die organisatorischen und kaufmännischen Fragen geregelt.

Silverstone: Verehrte Gäste, liebe Freunde, ich will mich auf das Wesentliche, also auf jene Strukturen des neuen Unternehmens, die für die Öffentlichkeit wichtig sind, beschränken. Die meisten der Anwesenden gehören zu den persönlich haftenden Gesellschaftern und haben eine finanzielle Einlage getätigt. Darüber hinaus haben wir angefangen, zahlreiche Anteilscheine auszugeben, über die wir das notwendige Kapital aufbringen werden, das für ein stark wachsendes Unternehmen auf

Dauer unabdingbar ist. Das einzigartige Produkt dieses Unternehmens hat Professor Bruch gerade vorgestellt: Dessen Qualität verbunden mit dem Namen Bruch verspricht unbegrenzte Nachfrage und rasantes Wachstum. Deshalb garantieren wir allen Interessenten eine Rendite, die weit über das Übliche hinausgehen wird. Für Ausgabeprospekte und Fragen zu Details verweisen Sie bitte mögliche Interessenten an mich.

Bruch erteilt nun Chefredakteur Lauthals das Wort.

Lauthals: Mein lieber Burkhard, wir kennen uns seit unserer gemeinsamen Studien- und Verbindungzeit, und ich bin dir dankbar, dass ich an diesem denkwürdigen Ereignis teilnehmen darf. Du gibst damit unserem Blatt die Möglichkeit, die Botschaft über diese revolutionäre Behandlungsmethode vor allen anderen Gazetten in die weite Welt zu tragen. Wir werden uns nach Kräften bemühen, zum Erfolg deiner Innovation beizutragen. Und da du uns mit deiner Darstellung überzeugt hast und wir deine Seriosität als Wissenschaftler kennen, melde ich mich sogleich für den Erwerb eines größeren Pakets von Anteilscheinen an.

69

Allgemeiner Beifall. Nun erhebt sich Universitätspräsident van der Wiss.

V. d. Wiss: Verehrte Gründungsmitglieder von Jeuneter! Es ist mir ein besonderes Vergnügen, heute in Ihrer Mitte zu weilen. Darf ich doch – noch muss es unter uns bleiben – ganz leise schon mitteilen, dass das Lifting im Ranking nicht mehr lange auf sich warten lässt. Unsere medizinische Fakultät wird zu den Premium-Fakultäten des Landes aufsteigen. Und dies – auch das noch ganz leise – wird wie bei einem Stein, den man ins Wasser wirft, sichtbar Kreise ziehen. In nicht allzu ferner Zukunft, so hat man mir signalisiert, steht solcher Aufstieg unserer ganzen Alma Mater bevor, wir dürfen uns dann Premium-Universität nennen. Wem haben wir das zu verdanken? Unserem verehrten Ordinarius und demnächst wohl Dekan Burkhard Bruch.

langer, heftiger Beifall der Anwesenden

Unkundige mögen vielleicht fragen: Weshalb ist das alles von Bedeutung, gelehrt und geforscht wird doch auch ohne solche Auszeichnungen? Nein, sage ich, es geht um mehr als nur das! Was ist das Schicksal alltäglicher Forschungsergebnisse? Sie wandern in ein Paper oder Wissenschaftsmagazin, werden vielleicht noch von dem einen oder anderen Spezialisten zur Kenntnis genommen, seltener auch diskutiert, bis sich neuere Erkenntnisse wie Sedimente darüberlagern, die dann irgendwann dasselbe Schicksal erleiden. Auch das ist Wissenschaft. Die Öffentlichkeit nimmt von diesen Vorgängen kaum Notiz. Ganz anders, wenn es plötzlich um eine Entdeckung geht, die sich in unserem Alltag unübersehbar einnisten wird. Wenn also solch ein Forschungsergebnis unser aller Leben verändert, wenn es einen geldwerten Ertrag abwirft, dann endlich wird die von uns so oft beschworene Brücke zwischen akademischer Forschung und Lebensalltag der Menschen geschlagen. Wird obendrein durch deutlich gesetzte Marker wie eine Prämierung auf diese Tatsache hingewiesen, ist für jedermann erkennbar: Die reich alimentierte Wissenschaft gibt uns überreichlich viel zurück. Im vorliegenden Fall ist dies ein Verfahren, das im Alltag eine Nachfrage entfalten wird, die wohl nur mit Mühe zu befriedigen ist. Abgesehen vom Nutzen für den einzelnen, was ist der Nutzen für unsere Alma Mater? Sie wird in den Augen der Bürger in neuem Glanz erstrahlen. Das wird sich in der Mittelzuweisung durch die Exekutive auszahlen, das wird das Selbstwertgefühl von

Lehrenden, Lernenden, und Forschenden gewaltig heben und neue Spitzenergebnisse hervorbringen. So sehr bin ich nicht nur von diesem einzigartigen Forschungsergebnis und dieser Premium-Fakultät überzeugt, dass auch ich es für meine patriotische Pflicht

Ein Zwischenruf: Vorsicht, Patriotismus kommt nicht mehr so gut an!

V. der Wiss: – dass ich es für meine patriotische Pflicht selbst in unpatriotischen Zeiten halte, ebenfalls in ein größeres Bündel Anteilscheine zu investieren und so mein Vertrauen in die vielversprechende Entwicklung aus dem Hause unseres allseits verehrten Freundes Burkhard Bruch unter Beweis zu stellen.

Lautstarker Beifall und eine Aufforderung von Professor Bruch.

Bruch: Nun greift aber zu, esst und trinkt, liebe Freunde!

Zeisig: halblaut Schon wieder so ein Tischlein-deck-dich-Tag. Wo das wohl noch hinführt?

Inzwischen sind viele Stunden verstrichen, draußen ist es bereits dunkel, Professor Bruch und Fred Silverstone sitzen noch bei einer Flasche teuren Rotweins zusammen und besprechen gut gelaunt die Erlebnisse des zurückliegenden Tages, Da wird die Türe aufgerissen und heftig nach Luft ringend stürzt Frau Ferati herein.

Ferati: Herr Professor, Herr Professor, schauen Sie sich das an!
Ferati streckt ihm ein Blatt Papier entgegen, Professor Bruch setzt eine Lesebrille auf und beugt sich mit Silverstone über das Blatt.

Bruch: Woher haben Sie das, Ferati?

Ferati: Das kam aufs Klinikfax. Der Oberarzt hat mich angerufen, hat gesagt, es handle sich um etwas äußerst Wichtiges und Schändliches, da bin ich unverzüglich in die Klinik gefahren, und dort habe ich herausgefunden, dass Sie noch hier sind.

Bruch: Unerhört, das. Da will uns jemand fertigmachen. Das sind Neider!

Silverstone: Sicher Konkurrenten!

Bruch: Fred, was machen wir da?

Das Telefon läutet, Dukakis hebt ab und schiebt dann das Telefon über den Tresen zu Bruch.

Dukakis: Für Sie, Herr Professor. Da spricht jemand ganz aufgeregt am anderen Ende der Leitung.

Bruch:	Er nimmt den Hörer und meldet sich. Hier Professor Bruch! ... Was bitte wollen Sie? Nun sprechen Sie doch mal langsam und schreien nicht so! Ich verstehe ja kein Wort ... Was? Wie bitte? Sie wollen mich ... was? Was erlauben Sie sich! Und ich Sie wegen Beleidigung! Er legt den Hörer unsanft auf, da läutet erneut das Telefon.

Dukakis:	Sie hebt ab und reicht den Hörer sofort weiter. Da schreit wieder einer ganz erbost ins Telefon!
Silverstone:	Geben Sie mir den Hörer! ... Was? Betrug? Wie kommen Sie auf solchen Unsinn? ... Nun schreien Sie doch nicht so, man versteht ja sein eigenes Wort, will sagen, fast nichts ... Was? Anlegerbetrug? Ich bitte Sie, wer hat sie zur Anlage gezwungen! Er legt schnell auf.
Bruch:	Fred, was läuft da? Das ist mir nicht geheuer.

Unterdessen läutet erneut das Telefon. Die schon genervte Dukakis reicht Silverstone den Hörer, der lehnt ab, Bruch greift zu.

Bruch:	Hier Professor Bruch. Womit kann ich ... Bruch legt schnell auf. Da schreit einer so laut ins Telefon, als wolle er mein Trommelfell ruinieren. Das muss ich mir nicht gefallen lassen. Fred, was läuft da? Es läutet wiederum, da Dukakis nicht zum Hörer greift, nimmt Silverstone kopfschüttelnd den Hörer ab.

Silverstone: Ja, bitte? … Ach Sie sind es, Herr Universitätspräsident! Klar können Sie den Professor
sprechen. Er reicht den Hörer an Bruch weiter.
Bruch: Bruch hier! Guten Abend, Herr Präsident,
womit kann ich dienen? … Wie bitte? Verstehe ich das richtig? Sie nennen mich Spitz-
bube? … Also doch nicht … sondern wie …
nur ein Vergleich? … auch nicht viel besser!
… Nun fassen Sie sich doch … Wie ich was
konnte? … Eine wissenschaftliche Zeitkraft
halt … Was? Von der haben Sie heute Früh
gar nichts … muss Ihnen entgangen sein …
Selbstverständlich ging ich davon aus,
dass sie ihre Forschungsergebnisse ord-
nungsgemäß publiziert hat … genau … dass
andere dies gelesen und überprüft haben …
Was soll ich bitte vergessen? Die Prämierung
… nein. glauben Sie, wir werden alles tun,
um diese Missverständnisse auszuräumen …
zu Silverstone Jetzt hat er aufgelegt! Hat mit mir
gesprochen, wie mit einem Delinquenten!
Fred, da kommt was auf uns zu!

In diesem Augenblick stürzt Frau Pagelakis herein.
Pagelakis: Burkhard, was hast du da angerichtet?
Bruch: Ich?
Pagelakis: Ich hatte gleich Bedenken, als klar war, wir
können auf die Zusammenarbeit mit dieser
Springfield nicht bauen!

Silverstone: Und du hast diese Bedenken auch ausgesprochen?

Pagelakis: Gehabt habe ich sie jedenfalls. Was machen wir jetzt? Da zieht ein Unwetter herauf.

Das Telefon läutet erneut, Silverstone nimmt beherzt den Hörer zur Hand, reicht ihn dann aber weiter.

Silverstone: Das ist für dich, Professor. Die Presse!

Bruch: Guten Abend, hier Professor Bruch. Womit kann ich ... ach, Volker, hast wenigstens du ein tröstendes Wort ... Ja, ich habe inzwischen erfahren, was wir angerichtet haben sollen ... aber sag mir: Woher wissen alle diese Leute schon ... ach so, ihr habt das gleich in der Abendausgabe ... wie? ... auf der ersten Seite mit rühmendem Kommentar ... Was sagst du? Jetzt seien wir beide blamiert ... aber Volker ... jetzt gehst du aber zu weit ... wie kannst du sagen ... ich, schon damals in unserem Korps ... was? ... ein Prahlhans ... danke, für das Kompliment ... so lernt man in der Not wahre von falschen Freunden zu unterscheiden ... aber ja, verlass dich drauf, wir werden das korrigieren und uns dann sprechen ... ja, wollen sehen, wer hier am Ende der Dumme ist! Er legt unüberhörbar den Hörer auf. Tanja, ich bitte dich, kein Gespräch mehr! Ich komme mir vor, als hätte

ich meinen Lehrstuhl gegen einen Schand-
pfahl eingetauscht. Legen wir den Hörer lieber neben das Telefon, dann kann es nicht
mehr läuten!

Bruch atmet erst einmal tief durch, dann schaut er lange Silverstone und Pagelakis an und fragt:
Also, Fred und Sofia, liebe Leidensgenossen,
was tun wir? Einfach den Kopf in den Sand
stecken und so tun, als sei nichts, geht nicht.
Eine andere Lösung muss her. Doch wie
kommt man gegen so viel Wut, Hass und
Verleumdung an? Gibt es ein rettendes Ufer?

Alle schweigen eine Zeitlang, als erster fasst sich Silverstone.

Silverstone: Professor, hast du uns nicht erzählt, die
Springfield habe dir damals Bilder gezeigt,
welche die wundersame Verjüngung ihrer
Probanden beweisen?
Bruch: Aber ja, deshalb war ich ja auch so überzeugt
davon – und schließlich überrumpelt.
Pagelakis: Dann hilft nur eines: Wir müssen die Springfield zu unserer Verbündeten machen. Koste
es, was es wolle.
Bruch: Den Vorschlag hör ich wohl, doch es fehlt die
Verbündete. Ich habe zuverlässige Informati-
onen, dass sie in die USA abgereist ist. Die
kommt so schnell nicht zurück.

Pagelakis: Sagt dein Filius?

Bruch: Genau, mein Filius.

Silverstone: Verdammt noch mal! Ich will nicht Silverstone heißen, wenn wir diesen verdammten Kasten nicht auch ohne die Springfield zum Laufen bringen. Einen Fachmann für medizinische Software treibe ich bestimmt auf …

Bruch: Und mir fällt ein, dass eine Mary de Brune, die noch bei uns im Institut arbeitet, Kollegin und eine Art Freundin von dieser Springfield war.

Silverstone: Na, dann knöpfen wir uns diese gleich morgen vor. Wäre doch gelacht, wenn wir die Kiste mit ihrer Hilfe nicht zum Laufen bringen.

Pagelakis: Und wenn uns das tatsächlich gelingt, was dann?

Bruch: Dann müssen wir das der Öffentlichkeit vorstellen, müssen beweisen, dass das heute nur ein kleines Missverständnis war, dass wir keinesfalls zu viel versprochen haben, schon gar keine Betrüger sind. Wäre doch gelacht, wenn wir nicht allen, die uns jetzt mit Dreck bewerfen, die Schamröte ins Gesicht treiben. Ich kann es kaum abwarten, diese Leute ganz alt aussehen zu lassen! Sofia, wie weit sind die Umbauten für das Beauty-Institut gediehen? Können wir dort eine ordentliche Veranstaltung aufziehen?

Pagelakis: *Sie winkt ab.* Burkhard, du kennst doch die Handwerker. So schnell schießen die nur, wenn es um ihre Rechnung geht. Der Umbau wird gut und gerne noch vier Wochen dauern.

Bruch: So viel Zeit haben wir nicht. Es geht um Tage, wenn nicht um Stunden.

Silverstone: Wisst ihr was? Wir mieten einen repräsentativen Saal an, Hörsaal kommt bei der gegenwärtigen Wetterlage wohl nicht in Frage. Wie wäre es mit dem ersten Hotel am Platz? Dorthin laden wir die ganze Bagage ein und führen diese Wundermaschine vor. Die werden vielleicht Augen machen!

Bruch: Fred, ein Vertrauter wie du ist Goldes wert.

Silverstone: Wenn auch kein Goldesel!

Bruch: Viel mehr als das! Was meint ihr: Wenn wir das gemeinsam anpacken, schaffen wir das organisatorisch in wenigen Tagen?

Silverstone: Ich bin dabei, werde den Aufführungsort reservieren und mit dem technischen Equipment ausstatten lassen.

Pagelakis: Ich übernehme alles, was die Vorbereitung der Öffentlichkeit betrifft, also Presse, persönliche Einladungen, Plakatierung und mehr.

Bruch: Ihr wälzt mir einen Stein vom Herzen. Um
             die Bereitstellung des Moduls und um Pro-
             banden aus meiner Klinik kümmere ich
             mich persönlich!
             Tanja hat inzwischen noch ein Glas Sekt serviert, sie stoßen auf
             einen erneuten, diesmal erfolgreichen Auftritt an.
Bruch: Prost, Freunde! Es ist spät geworden. War
             das ein Tag, lauter Wechselbäder. Wenn ich
             mich jetzt nicht auf den Heimweg mache,
             gibt meine Frau bei der Polizei eine Ver-
             misstenanzeige auf!

8. Auftritt

Im Elsässer Hof, dem ersten Haus am Platz, findet der große Auftritt statt, der Professor Bruch und seine Freunde des Goldesels rehabilitieren soll. Auf einer Bühne, die wie in einem Theater durch einen Vorhang vom Publikum getrennt ist, herrschen backstage Hektik und große Nervosität. Etwas abseits beobachten Ziegler und Zeisig das Treiben.

Ziegler: Zeisig, was meinen Sie, wird sich der Wind noch drehen?

Zeisig: Tut mir leid, mein Freund, als Wetterfrosch bin ich nicht ausgebildet. Ich sehe hier lediglich den Strohhalm, der Hoffnung heißt.

Ziegler: Optimismus klingt anders. Und ich habe bei diesem Projekt reichlich Geld –

Zeisig: Verdienen wollen?

Ziegler: - bisher nur hineingesteckt! Bringt die heutige Vorstellung nicht die Wende, muss ich das abschreiben. Und einiges mehr, was ich andernorts in dies Projekt investiert habe.

Zeisig: Unser Professor Bruch muss, fürchte ich, weit mehr abschreiben!

Ziegler: Ich will jetzt nicht schlecht über ihn reden, aber er hat uns das mit seiner Leichtgläubigkeit eingebrockt.

Zeisig: Und wir sind ihm begeistert hinterhergelaufen!

Ziegler: Was hätten wir machen sollen, optimistisch wie er war! Er hat uns einfach angesteckt. Es winkte schließlich ein nicht versiegender Geldfluss.

Bruch erscheint, möchte wissen, wie es um die Vorbereitungen steht, und würde am liebsten alle gleichzeitig sprechen.

Bruch: Hallo, Hans, wie geht es? Zeisig, Kopf hoch! Sofia, die Vorankündigungen in der Presse und die Plakatierung in der Fakultät hast du prima platziert, ebenso tituliert: „Demonstration des Jeuneter-Verfahrens. Erleben Sie, was verjüngende Kosmetik vermag!" Hervorragend! Wie sieht es mit den Rückmeldungen bei den persönlichen Einladungen aus?

Pagelakis: Die Presse ist diesmal weit über den Landkreis hinaus vertreten, auch zwei Radiostationen und drei Fernsehsender sind dabei. Der Streit um das neue Verfahren hat sich herumgesprochen. Über zu wenig Aufmerksamkeit können wir uns nicht beklagen. Ich bin sicher, wir haben heute ein volles Haus. Mein Filius ist dort unten für die Saalordnung zuständig.

Bruch: Recht so, er soll ja demnächst groß ins Kosmetikgeschäft einsteigen. Da schadet es nichts, wenn er sich schon einmal vor Investoren und Medienvertretern zeigt.

Währenddessen hat Chefredakteur Volker Lauthals einen Zugang zur Bühne und hinter den Vorhang gefunden.

Lauthals: Burkhard, mein Lieber, ich drücke beide Daumen. Heute werdet ihr die Scharte von neulich auswetzen. Gelingt dies, wovon ich fest ausgehe, bist du der Held des nächsten Leitartikels, der hiesigen Universität sowieso!

Bruch: brummt Lass uns unsere Arbeit machen und konzentriere du dich auf deine Artikel. Ich habe noch dein Bellen vom letzten Anruf im Ohr!

Lauthals: Burkhard, ich bitte dich, wer wird denn so nachtragend sein. Wir alle waren nach dem Echo auf unseren Artikel zu Recht entsetzt! Das waren schließlich Wissenschaftler, die so laut geschrien haben: Schwindel, Betrüger und so weiter! Da fährt man selbst als abgeklärter Pressemensch mal aus der Haut.

Bruch: Als Dermatologe empfehle ich dir: In die kehrst du schnellstens zurück! Er macht eine Bewegung mit der Hand, die andeutet, Lauthals solle sich in den Zuschauerraum zurückziehen.

Pagelakis: Widerlich, von diesen Typen gibt es zwölf auf ein Dutzend. Er kann uns gestohlen bleiben.

Bruch: Leider sind wir unter den gegenwärtigen Umständen auch auf die Meinung solcher

Leute angewiesen. Hast du eine Rückmeldung vom Universitätspräsidenten bekommen? Auch so ein unsicherer Kantonist, zu gleich Hauptdarsteller bei Siegesfeiern aller Art.

Pagelakis: Der Büroleiter des Universitätspräsidenten hat mitgeteilt, dass er seinen Chef vertreten wird. Van der Wiss selbst hat nichts von sich hören lassen.

Bruch: Ohne Worte sagt manchmal mehr als tausend Worte. Meinetwegen kann er uns gestohlen bleiben.

Pagelakis: Warten wir ab, wenn es hier einen Erfolg zu verkünden gibt, drängt er sich mit stolz geschwellter Brust in die erste Reihe.

Unterdessen gehen Bruch und Pagelakis auf eine Gruppe zu, die mit dem technischen Equipment beschäftigt ist.

Bruch: Wie sieht es aus, Fred? Ich darf doch davon ausgehen, dass bei euch alles funktioniert?

Silverstone: Wir haben, Professor, die Sache fast schon voll im Griff. Darf ich Constantin Vogel vorstellen? Unser IT-Spezialist. Und Dr. Brown, dein Oberarzt, unterstützt uns ebenfalls tatkräftig.

Die beiden gehen auf Bruch zu, reichen ihm die Hand.

Bruch: Fast, sagst du, Fred, was heißt das?

Vogel:	Professor Bruch, ich habe zwei Tage daran gearbeitet, hinter die Verschlüsselung des Programms zu kommen. Frau de Brune konnte uns nicht helfen. Vorhin konnte ich es zum ersten Mal laufen lassen. Es ruckelt, wenn ich das so sagen darf, noch ein wenig. Doch ich bin zuversichtlich, das können wir nachher bei der Vorführung glätten.
Bruch:	Und Sie, Dr. Brown, konnten Sie mit den Datensätzen der Probanden, die ich Ihnen habe erstellen lassen, etwas anfangen?
Brown:	Chef, wir haben alles vorbereitet: Die verschlüsselten Datensätze stehen zur Eingabe bereit. Herr Silverstone hat gerade versucht, diese Datensätze probehalber auf den Bildschirm draußen im Saal aufzuspielen. War alles okay.
Bruch:	Großartig, Fred, wenn ich dich nicht hätte.
Silverstone:	Wenn alles so läuft wie geplant –
Bruch:	Wie geplant?
Silverstone:	Du weißt doch, der Teufel steckt im Detail. Aber vorgesehen ist, wenn nachher die Datensätze sichtbar auf dem großen Bildschirm draußen erscheinen, dass Dr. Brown Art und Umfang der erhobenen Daten erläutert. Währenddessen lassen wir vom Modul die Daten verarbeiten, und anschließend zeigen wir auf dem Großbildschirm die errechnete Medikation für die einzelnen Probanden an.

Selbstverständlich sind deren Namen ver-
schlüsselt; sie erscheinen als Buchstaben A
bis F. Kürzel des jeweiligen Probanden und
die genau zugeordnete Behandlungsanweisung werden so jedermann zeigen, dass Modul und Programm zuverlässig arbeiten.

Bruch: Der Ablauf klingt überzeugend. Dennoch,
ich bin furchtbar aufgeregt.

Pagelakis: Du darfst dir das bei der Begrüßung auf keinen Fall anmerken lassen, Burkhard.

Bruch: Unmöglich kann ich mich da draußen zeigen.
Dr. Brown, wenn Sie schon vor die Leute treten, um die Vorgänge zu kommentieren,
könnten Sie nicht auch für mich …

Brown: Chef, Sie meinen, ich soll die da draußen be-
grüßen? Das ist nicht mein Fach.

Silverstone: Dann lass mich das machen, Professor. Wo
bist du währenddessen? Ich meine: Falls sie
nach dir verlangen und für den Beifall am
Ende.

Bruch: Ich bleibe, wenn der Vorhang sich zu den Sei-
ten hin öffnet, hinter dem Vorhang. Von da
kann ich den Ablauf genau verfolgen und
notfalls auf die Bühne kommen, wenn es
denn sein muss.

Zeisig: Von der Proszeniumsloge aus?

Bruch: Meinetwegen nennen Sie das so. Wenn doch
schon alles vorüber wäre!

Pagelakis: Sie war kurz im Saal, kommt zurück und meldet: Volles Haus, bis auf den letzten Platz besetzt. Man kann die Spannung fast schon mit Händen greifen. Wir dürfen Sie nicht länger warten lassen! Die wollen endlich ihr Aha-Erlebnis!

Bruch: Geben wir ihnen das, und zwar reichlich! Also los, meine Freunde und Mitarbeiter, bringen wir es mit Erfolg hinter uns! Fred, dein Auftritt!

Der Vorhang öffnet sich und Silverstone tritt selbstbewusst nach vorn.

Silverstone: Meine Damen und Herren, Vertreter der örtlichen und überregionalen Presse …
Einer aus dem Publikum ruft: Das ist doch der windige Finanzjongleur! Betrüger!
Es entsteht Unruhe, Silverstone schaut unbeirrt ins Publikum und wartet ab, bis Ruhe einkehrt.

Silverstone: Dieser Lärm war völlig unangebracht. Warten wir ab, was Sie nach dieser Vorstellung zu dem aufsehenerregenden Forschungserfolg und unserer Geschäftsidee sagen werden! Ich übergebe jetzt an Dr. Brown, Oberarzt in der Dermatologischen Klinik von Professor Bruch. Der wird Ihnen die einzelnen Schritte erläutern.

Dr. Brown tritt vor.

Brown: Ich begrüße Sie ebenfalls, meine Damen und Herren. Ich darf die Regie bitten, den Datensatz unseres ersten Probanden aufzuspielen. Wie Sie vielleicht wissen, gibt es knapp fünfzig Substanzen, die für das Überleben und die Gesundheit eines Menschen unverzichtbar sind. Die sehen Sie hier mit Plus und Minus gekennzeichnet, was deren Vorhandensein oder auch Fehlen anzeigt. Hinzu kommen weitere Parameter, die Alter, Hautzustand, aktuelle Krankheiten und Allgemeinbefinden abbilden. Sie sehen ein vergleichbares Tableau für jeden der sechs Probanden, die wir für heute ausgewählt haben. Regie bitte!

Es erscheinen nach und nach die sechs verschlüsselten Patientenblätter auf der Leinwand.

Ich bitte nun um ein wenig Geduld, während unser Analysemodul die Daten verarbeiten und für jeden Probanden …

Jemand ruft dazwischen: Probandinnen kennen Sie wohl nicht?

Brown: Selbstverständlich gehören auch solche zu unserer Gruppe, sie sind sogar in der Überzahl. Aber das Geschlecht haben wir in den Datensätzen, die wir Ihnen gezeigt haben, unkenntlich gemacht. Im Sinne der Anonymisierung. Wo war ich stehengeblieben? Ach ja, für jeden Probanden, die Probandinnen eingeschlossen, wird unser Medikationsmodul sogleich einen Behandlungsplan auswerfen. Ein wenig Geduld!

Aha, da kommt schon die erste Diagnose samt zugehöriger Medikation. Regie bitte, der nächste Proband!

Da entsteht Unruhe im Saal, jemand ruft: Das gibt es doch nicht! Können wir bitte nochmals den Behandlungsplan des vorigen Probanden sehen?

Brown: Selbstverständlich! Regie, bitte, zurück!

Jemand ruft aus dem Saal: Ist es denn nicht möglich, die beiden Behandlungspläne auf der Leinwand nebeneinander anzuordnen? Es sind zu viele Details, als dass man das vergleichen könnte!

Große Zustimmung aus dem Saal.

Brown: Einen Augenblick bitte. Die Technik schafft das bestimmt. Ihr Wunsch, meine Damen und Herren, ist uns sozusagen Befehl.

Stille, angespanntes Warten, die Behandlungspläne erscheinen auf der Leinwand, plötzlich entsteht ein lautstarkes Durcheinander, Rufe werden laut: Schwindler! Dilettanten! Ihr verkauft uns doch für dumm!

Brown: Meine Damen und Herren, ich verstehe Ihre Aufregung nicht!

Publikum: Dann vergleichen Sie doch selbst diese bei-
            den Pläne!

Brown: Das verstehe ich jetzt nicht. Regie, können
            wir die restlichen Pläne für die Probanden C
            bis F sehen?

Die Pläne erscheinen paarweise auf dem Großbildschirm, es
wird immer unruhiger, erneut Rufe wie: Die wollen uns
tatsächlich für dumm verkaufen! – Wir sollten sofort Anzeige erstatten – Verkaufen
wertlose Anteilscheine! – Wo ist Bruch? –
Dieser Betrüger!

Silverstone: im Hintergrund Vorhang, aber schnell!
            Wo ist der Constantin? Was ist los? Verstehst
            du das?

Vogel: Ich bin ratlos: Entweder spielt uns das Pro-
            gramm einen Streich, oder ich weiß nicht!

Silverstone Du hast doch heute Vormittag das Pro-
            gramm mit dem Datensatz der Springfield
            laufen lassen. Hat das denn nicht funktio-
            niert?

Vogel: Doch. bis auf das leichte Ruckeln lief das
            prima.

Silverstone: Und wie sah da der Behandlungsplan aus?

Vogel: Moment, ich spiele das nochmals auf!

Silverstone: Aber nicht auf die Großleinwand draußen!

Vogel: Nein, nur hier auf meinen Bildschirm ... Da
            schau ... das verstehe, wer will!

Silverstone: Was, los, rück es raus!

Vogel: Da, schau her: Es ist derselbe Behandlungsplan, wie ihn das Programm auch für unsere sechs Probanden von heute ausgeworfen hat. Da stimmt doch was nicht! Das kann nur bedeuten: Das Modul verfügt über ein fest vorgegebenes Ergebnis, das – wie auch immer – zustande kam, und errechnet, wenn es mit neuen Daten gefüttert wird, keinerlei neue Behandlungsanweisung! Deshalb wird auch bei unseren heutigen Probanden stets jenes Ergebnis angezeigt, das offenbar euern Bruch so beeindruckt hat.

Silverstone: Springfield! Diese Schlange hat uns hereingelegt! Jetzt verstehe ich, was sie sagen wollte, als sie drohte, das werde uns noch bitter aufstoßen. Wo ist denn der Professor?

Pagelakis: Gerade stand er noch da drüben. Dr. Brown, wissen Sie, wo Ihr Chef geblieben ist?

Brown: Der hat, als es anfing, drunter und drüber zu gehen, die Bühne fluchtartig durch den Hinterausgang verlassen. Gleich darauf startete draußen ein Auto. Seitdem habe ich den Professor nicht mehr gesehen.

Lauthals: Er kommt auf die Bühne gestürzt. Wo ist der Bruch? Ich glaube, der ist uns mehr als eine Erklärung schuldig!

Silverstone: Ich kann ihn nicht herbeizaubern. Herrgott nochmal, was macht der Professor bloß?

Zeisig: Ich fürchte, der hat sich rechtzeitig abgesetzt.

Ziegler:	Das viele Geld, alles flöten. Eine schöne Ese-lei und kein Gold in Sicht.
Zeisig:	Das war wohl der dritte Akt!
Ziegler:	Dritter Akt? Wie meinen Sie das?
Zeisig:	Nach den vorigen beiden haben wir jetzt Knüppel-aus-dem-Sack erlebt. Leider hat der Knüppel die falsche Richtung eingeschlagen!

Zeitfracht Medien GmbH
Ferdinand-Jühlke-Straße 7
99095 Erfurt, Deutschland
produktsicherheit@kolibri360.de